いつも特訓ご苦労様です。
これは差し入れです
「まあいいじゃん。
厚意はありがたく受
恋愛フラグ
RENAI FLAG
天使No.51。
イタズラが大好きで
ノリの良い性格。
失恋フラグ
SHITSUREN FLAG
死神No.51。
フラグちゃんを恋の
ライバル視している。

神様と最も優秀な死神
「コブなどはないようだね。
よかった」
神様
KAMISAMA
踏んだり蹴ったりの扱いでも、
天界で一番偉い人。

「か、神様」
No.1は頬を染めた。
神様とこんなに接近するなど
久しぶりだ。
死神No.1
SHINIGAMI No.1
天界で最も頼りにされる
死神の一人。
その心中は……。

フラグちゃんたち四人は、
ウェディングドレス姿になった。
『ボクからは、娘たちの晴れ姿を
プレゼントするよ』

神様へのプレゼント

RYOKUKAIHI FLAGCHAN!

CONTENTS

全力回避フラグちゃん! 4

壱日千次
原作：Plott、biki

MF文庫J

口絵・本文イラスト●さとうぽて

プロローグ

地上のはるか上空に存在する、天界。

そこにそびえ立つ宮殿では、『死神』や『天使』がそれぞれ『死亡フラグ』や『生存フラグ』などを回収している。

その最高指導者が、いま謁見《えっけん》の間で玉座に座る神様だ。痩《や》せ型でロン毛、アロハシャツを着た中年男性である。

空中に浮かべたディスプレイを見ている。そこには死神№２６９——フラグちゃんの姿が映っていた。


『ありがとう、モブ男《お》さん。またお会いしましょう』

先日、彼女がモブ男の死亡フラグを、見事に回収した時のものだ。

——神様は、フラグちゃんのために特訓場『仮想世界』を作った。彼女は優しすぎて死亡フラグを回収できず、周囲から『死神失格』と笑われていたのだ。

仮想世界でフラグちゃんは、練習用プログラム『モブ男《お》』が立てる死亡フラグを回収すべく、練習を重ねてきた。その過程《かてい》でかけがえのない仲間もできた。

だが先日、モブ男に異変が発生。

死亡フラグを次々とへし折る『死亡フラグクラッシャー』と化してしまったのだ。これではフラグちゃんの特訓相手として機能しない。

だがそこでフラグちゃんは奮起《ふんき》する。モブ男の死亡フラグを折ることで、彼を元に戻すことに成功。

仮想世界での特訓、そしてモブ男や仲間達《たち》と過ごした日々が、彼女を大きく成長させていたのだ。

(うんうん、仮想世界を作った甲斐《かい》があるというものだよ)

神様は優しく微笑《ほほえ》んだ。

そしてふと、虚空《こくう》を見上げる。

(しかし、モブ男はなぜ『死亡フラグクラッシャー』になってしまったのだろう?)

モブ男のソースコードを見直しても、原因不明。

(一緒に仮想世界を作った、死神№1ですら分からないって言うしなあ)

『№1』とは、天界で最も優秀な死神だ。

まさか彼女が犯人だとは、神様には想像もつかない。

（まあ、じっくり調べよう。最近バタバタしてたし、しばらく平穏な日常が続けばいい――）

神様

冷たい声が、誰もいないはずの背後から聞こえた。

驚いて振り向く。

そして――放たれた言葉に、驚愕《きょうがく》する。

（な、なんてことだ……！）

神様は思いだす。

『平穏な日常が続けばいい』は『平穏な日常が壊れるフラグ』だということを。


――同日。

フラグちゃんは仲間三人とともに、いつものように仮想世界へ入り、モブ男相手にフラグ回収の特訓を行った。

扉を通って、天界の宮殿に戻ると、

「あれ？」

廊下にテーブルが置かれ、その上にはフラグちゃんの好物の〇ーゲンダッツ、高級プロテインバー、色とりどりの洋菓子が並んでいた。

手紙が添えてある。


『いつも特訓ご苦労様です。これは差し入れです』


差出人《さしだしにん》の名前はない。

「いったい誰からじゃ？」

怪訝《けげん》そうに眉をひそめるのは、天使No.11『生存フラグ』。起伏豊かな身体《からだ》に、包帯を巻き付けた美女である。

「うすのろか、それとも死神No.13か」

うすのろとは神様のこと。『No.13』とは、天界屈指《くっし》の優秀な死神のことだ。

「心当たりは、それくらいですもんねもぐもぐ」

「もう食っとる！」

〇ーゲンダッツをむさぼるフラグちゃん。

「まあいいじゃん。厚意《こうい》はありがたく受け取っておこうよ」

マカロンを食べ始めたのは、桃色ボブカットの少女。

天使№51『恋愛フラグ』だ。白いブラウスの胸部《きょうぶ》は大きく膨《ふく》らんでいるが、色々細工して巨乳に見せかけているのだ。

「れんれんの言う通りね。いっただっきまーす」

彼女を盲信《もうしん》する死神№51『失恋フラグ』も、バームクーヘンを手に取る。

恋愛脳ではあるが、基本的には優秀な死神だ。先日は、フラグちゃんとフラグ回収対決を行い、見事勝利をおさめている。

身につけるのはブラウスと、ショートパンツ型のサロペット。

左右で色が違う瞳――オッドアイをとろけさせて、

「バームクーヘンって、結婚式の引《ひ》き出物《でもの》でもよく出されるのよね。モブくんとアタシの式でも、これを……」

「食事中に、あいつの名前を出すな」

汚物《おぶつ》扱いをしつつ、生存フラグはプロテインバーの封《ふう》を切る。

失恋フラグは、フラグちゃんに笑みを向けて、

「ふん、アタシとモブくんの式には、アンタも招待してあげるわ」

「……その時は、モブ美《み》さんも連れていきます。元カノの結婚式登場は、結婚式ぶち壊し

フラグですから」

「な、なんてこと考えるのよー！」

失恋フラグとフラグちゃんは、小動物のように額をぶつけて威嚇《いかく》しあった。二人は共《とも》に、モブ男に惚《ほ》れているのだ。

「まったく、あのクズのどこがそんなに……むっ」

生存フラグがよろめき、尻餅《しりもち》をつく。

「どうしたんですか!?」

フラグちゃんが介抱《かいほう》しようとすると——突然強烈な眠気におそわれ、膝《ひざ》をついてしまう。

恋愛フラグ、失恋フラグもふらついている。

もしや、食べ物に何か仕込まれていた？

「い、一体……誰が……」

そして四人とも、すやすやと眠り込んでしまった。

——それを見計《みはか》らったかのように、金属音が近づいてくる。

現れたのは、身長二百三十センチほどの巨躯《きょく》。胸の部分が膨《ふく》らんだ甲冑《かっちゅう》とコートを纏《まと》い、髑髏《どくろ》の仮面をつけている。

死神№1だ。

寝息《ねいき》を立てるフラグちゃんを見下ろし、憎しみに満ちた声で、

「死神No.269……いくら考えてもわからない。どうして神様は、こんな落ちこぼれを……」

No.1は神様を、とても慕《した》っている。

神様のため『立派な死神』になろうと、誰よりも沢山の死亡フラグを回収してきた。

それだけでなく、見た目すら変えた。

本当は百二十センチほどしかない愛らしい少女だが、竹馬で身長を誤魔化《ごまか》し、甲冑と仮面で厳《いか》つい外見にしているのだ。

そこまでしたのに。

（神様は、こいつばかり気にかけて！）

ゆえに激しく嫉妬《しっと》している。先日モブ男を『死亡フラグクラッシャー』にしたのも、その現《あらわ》れである。

神様に頼まれ、フラグちゃん育成のための仮想世界を作る際にも……密《ひそ》かに『バグ』を仕込んだ。プログラムにすぎないモブ男に自我《じが》があるのは、その副作用だ。

「いずれ、そのバグを利用して」

フラグちゃんの小さな頭をつかみ、壊れた笑みで、

「モブ男も、仲間も——あなたの大切なもの全て、壊してあげます……」

一話　ショッピングモールに閉じこめられたらどうなるのか？

フラグちゃんは、ぼんやりと金色《こんじき》の瞳をあけた。身を起こし、あたりを見る。

壁には沢山の映画のポスター。ポップコーンやチュロス、ジュースの看板。映画の予告が流れるディスプレイ。ここは……

（映画館？）

沢山の映写室がある、いわゆるシネマコンプレックス――シネコンのようだ。

それぞれの映写室の扉には『ラブストーリー』『裁判もの』『パニックもの』などと書かれている。上映中の映画のジャンルだろうか？

（あっ）

少し離れたところで仲間三人が倒れている。声をかけると、生存フラグ、恋愛フラグが身を起こした。

「ううむ、ここはどこじゃ……おい、キサマも起きろ」

生存フラグは失恋フラグの身体《からだ》を揺《ゆ》らした。

幸せそうな顔で、よだれを垂らしている。

「んふふ……今日もかっこいいわモブくん。やっぱり後ろからのアングルが最高ね」

「夢の中でも、モブ男《お》をストーキングしとるのか……」

どうせ夢なら、モブ男とイチャイチャすればいいものを。

好奇心旺盛《おうせい》な恋愛フラグは、あたりを歩きまわっている。

「あ、ここ、ショッピングモールの一角《いっかく》なんだね」

シネコンの外には、大きな通路があった。服屋、本屋、コーヒーショップ、ゲームセンター……様々なテナントが並んでいる。

「なんだか寂しいですね」

人《ひと》っ子《こ》一人おらず、ひどく静かだ。ゲームセンターから聞こえてくる電子音が、不気味さを更に際立《きわだ》たせる。

ピンポンパンポン

館内に響《ひび》いたチャイムに、フラグちゃん達《たち》はビクッとした。

機械的な音声が流れる。

『シネコン内のディスプレイに　ご注目下さい』

　思わず、言われた通りにする。

　ディスプレイの映画の予告が切り替わり、痩《や》せた中年男性が映し出された。

「神様⁉」

　リストラされたサラリーマンのように、力なく肩を落としている。場所は天界の、謁見《えっけん》の間のようだ。

『やあ、君たち……』

　生存フラグが碧《あお》い瞳をつりあげた。

「これはキサマの仕業《しわざ》か？　いったいどういう――」

『詳しい話は、このお方から聞いてくれ』

「『このお方』じゃと？」

　生存フラグは首をかしげ、ウェーブがかかった髪を揺《ゆ》らす。

「キサマは威厳《いげん》のかけらもなく、口臭もドブ並。じゃが仮《かり》にも天界の最高指導者であるキサマが『このお方』と呼ぶとはどういうことじゃ」

『君の罵詈雑言《ばりぞうごん》もどういうことだけど、とりあえずお話のほう、お願いします』

　神様の隣に人影があらわれる。

その異様な姿に、フラグちゃんたちは息を呑《の》んだ。

顔全体を覆う白いマスク――ファントムマスクに、シルクハット。ゆったりした黒マントを羽織《はお》っている。

まるで『オペラ座の怪人』のようだ。

身長は神様より十センチほど低い……百七十センチほどだろうか。

変声機《へんせいき》でも使っているのか、男女の区別がつかない不気味な声で、

『こんにちは、天使と死神の皆さん』

「こ、こんにちは」

礼儀正しいので、思わず頭を下げてしまうフラグちゃん。

『私のことは――そうですね。『監督』とでもお呼びください』

（『監督』？）

自分たちがいる場所から、映画監督を連想する。

『そのショッピングモールは、私のリクエストにより神様に作っていただいた仮想世界です。私の『ある目的』を達成するために』

『監督』は両手をひろげ、黒マントをはためかせ、

『これよりあなた方には、私の目的のため、フラグを回収していただきます。その目的が

達せられるまで、天界に戻ることはできません』

「な、なんですって」

フラグちゃんは驚いた。

以前、恋愛フラグの暴走で、ファンタジー風の仮想世界に閉じ込められたことはある。その黒幕は神様だった。仮想世界を自在に操る天界アイテムを恋愛フラグに渡し、フラグちゃん達《たち》を鍛《きた》えようとしたのだ。

(でも、今回は……)

天界の最高指導者であり、強大な力を持つ神様が『監督』に従わされている。明らかに異常事態だ。

『監督』が、フラグちゃんたちの背後を指さす。

『映写室のドアを、ご覧下さい』

言われた通りに振り向く。

いつのまにか『裁判もの』と書かれた映写室に『上映中』のランプが点灯《てんとう》している。

『ランプが点灯した映写室に入ると、あなたたちは〝モブ男《お》〟がいる仮想世界へ行くことができます。そこでは、ドアに書かれた内容のフラグをモブ男が立てます。全ての映写室に入り、彼が立てるフラグを回収してください』

「ふざけるな。誰がキサマの指示なんぞに従うか」

生存フラグが、拳《こぶし》をボキボキ鳴らした。

「そんな事をして、わしらになんの得がある」

『クックック。そんな口をきいて、いいのでしょうか？』

『監督』は馬鹿にするように、鼻で笑う。

『仮想世界を破壊できる、この私に』


「なに!?」

生存フラグが碧《あお》い目を見ひらく。

フラグちゃんは声をふるわせて、

「ほ、本当ですか神様」

『……その通りだ』

四人の顔から、血の気《け》が引いた。

いま彼女たちがいるのも、仮想世界だ。破壊なんてされたら一体どうなるのか？

なにより……！

「仮想世界のプログラムである、モブ男《お》さんも死んでしまうのでしょうか？」

「そ、そんなことさせて、たまるもんですか！」

声を裏返《うらがえ》らせる失恋フラグ。

恋愛フラグは桃色の髪をかいて、

「うーん、仮想世界はボクの大事な遊び場。それにモブ男くんというオモチャも壊されたら、たまったもんじゃないね」

皆を見回し、

「とりあえず『監督』さんの言う通りにしよっか」

「ずいぶん素直じゃな」

生存フラグが、恋愛フラグを凝視《ぎょうし》する。

「キサマもしや『監督』とやらの仲間ではあるまいな？」

「ひど！」

恋愛フラグは叫んだ。

すがるように、フラグちゃんの両肩をつかみ、

「しーちゃん、ボクが、人を罠《わな》にかけるような子に見える!?」

「見えな……あれ？」

フラグちゃんは否定できなかった。恋愛フラグはむしろ、罠にかけるのが趣味な子である。

「うう～、二人ともひどいよ。でもね――」

恋愛フラグは膨《ふく》らんだ胸に手を当てて、言い放つ。

「ボクは誓うよ。今回は君たちに何一《なにひと》つ、ウソ偽《いつわ》りはないって！」

手を当てている胸がウソ偽りなので、あまり説得力はなかった。

『クックック。私に従うかどうか、ごちゃごちゃ議論してらっしゃるようですが』

愉快《ゆかい》げに『監督』が笑う。

黒マントから、ＵＳＢメモリを取り出した。

『従うしか選択肢はないのですよ。これを使われたくなければね』

「「？」」

フラグちゃんは意味がわからず、生存フラグと顔を見合わせた。

恋愛フラグが、手をポンとたたいて、

「もしかしてあのＵＳＢに、仮想世界を破壊するプログラムが？」

「な、なんですってー！」

失恋フラグが八重歯《やえば》を剥《む》き出《だ》しにする。

『監督』はＵＳＢメモリを、見せつけるように掲げ、

『仲間との大切な場所である『仮想世界』を、壊されたくないでしょう？　なにより死神№51、№２６９は、愛する『モブ男《お》』を失いたくないでしょう？』

「うっ」

うめくフラグちゃん。『監督』は、的確《てきかく》にこちらの急所を突いてきている。

……だが、まだ希望が潰《つい》えた訳ではない。

あの最強の死神なら、『監督』に対抗できるのではないか？

「神様、死神No.1さんはどうしているのですか？」

神様はなぜか、少し間を置いた。

首を横に振る。

『残念ながら、No.1も『監督』に逆らうことはできない』

「そんな……」

自分たちより圧倒的に格上の、神様やNo.1が無力化されているらしい。ならば今は、従うしかないだろう。

フラグちゃんは仲間達《たち》と顔を見合わせ、うなずきあう。

「わかりました。『監督』さんの言うとおり、仮想世界に何度も行くことにします」

『賢明《けんめい》なご判断、敬意を表《ひょう》します』

『監督』が、芝居がかった仕草《しぐさ》で頭を下げる。

『全ての映写室に入るには数日かかると思われます。夜などは、そのショッピングモールの物資を自由に使って、お過ごし下さい』

確かにここなら、食料品や寝具《しんぐ》など、なんでもあるだろう。

だが……

「天界を留守にして、コンソメ丸は大丈夫でしょうか」

フラグちゃんが飼っている、ペットのサラマンダーのことだ。賢い子ゆえ数日くらいなら大丈夫だろうが、心配なものは心配である。

神様が言った。

『じゃあ僕が様子を見ておくよ』

「あ、ありがとうございます」

フラグちゃんは頭を下げた。そしてコンソメ丸の好物など、世話のしかたを説明する。

『監督』が、両手を大きくたたく。

『では早速、ひとつめの映写室へ——『裁判もの』の仮想世界へ向かってください。あなたたちの動き、しっかり見させていただきます』

(動きを見る?)

いったい『監督』の目的はなんなのか。

(でも)

いろいろ分《わ》からないことはあるが、やることはいつもの死亡フラグ回収のようだ。がんばるしかない。

決意を固めたフラグちゃんは、仲間三人と歩き出す。

『裁判もの』と書かれた映写室のドアを開ける。

モブ男《お》のいる仮想世界に、つながっているはずだ。

二話　シネコン一日目（『裁判もの』『パニックもの』『現代ＳＦ』）

映写室・一『裁判もの』　アメリカの刑務所に入ることになったらどうなるのか？

（俺の名はモブ男《お》。アメリカに留学中の大学生だ）

いま彼は、公園で通話中。

スマホから、アメリカ人弁護士の声が聞こえてくる。

「ヘイ、モブ男。残念ながら君は有罪を免《まぬが》れないようダ。一週間後にここロサンゼルスの刑務所に入ることにナル。刑期は半年だ」

「な、なんとかならないんですか」

「すまん。私も全力を尽くしたんダガ……急用なので切るぞ。かっ飛ばせー、オオタニ！」

「ちょっとアンタ、野球観戦してるだろ！」

モブ男の叫びもむなしく、電話は切れた。弁護士にとってモブ男より、リアル二刀流の方が大事らしい。

「お、俺……アメリカの刑務所に入るのか……」

「立ちました！」

『死亡』の小旗を振りあげ、フラグちゃんが現れた。

「あ、フラグちゃん」

モブ男を、金色《こんじき》の瞳で見上げてきて、

「アメリカの刑務所に入るのは死亡フラグですよ！　モブ男さんが生き残れるとは思えません」

「な、なに言ってるんだ。たった半年だよ？」

モブ男は強《つよ》がるように笑い、

「それに、ちょっと聞いたところだと……アメリカの刑務所って日本と違って、刑務作業《けいむさぎょう》がないんだろ？　バスケや筋トレとかもできるっていうし、意外と快適なんじゃないの？」

「たしかに自由の国ですから、そういう一面《いちめん》もありますが」

フラグちゃんは怖い表情をつくった。元々の顔が愛《あい》らしいので、あまり効果はないが。

「人種間《かん》の抗争《こうそう》が日常茶飯事《さはんじ》。一般社会以上の、権力と暴力が支配する世界です。しかもモブ男さんみたいな、ひ弱《よわ》な若い男性が行くと、その……」

フラグちゃんは頰《ほお》を染めて、目をそらした。

「男の囚人から、性の捌《は》け口――『女役』とされることもあるそうで」

「……」

モブ男《お》は思わず、おしりを押さえた。まさか、ここに男の四人の、たくましいアレを……

「そ、そんな。俺は女性大好き人間なのに！」

「まあその……がんばって男も受け入れてください」

「そんなリアル二刀流、嫌すぎる!!」

モブ男は頭をかかえ、うずくまった。

その脇にフラグちゃんは屈《かが》んで、気の毒そうに、

「もう一つ悪い知らせが……スクールカースト同様、刑務所にも序列《じょれつ》があります。殺人など、有名な事件の受刑者ほど、刑務所カーストの上位になり、崇拝《すうはい》されます」

「ふぅん。じゃあ、刑務所カーストの下位は？」

「モブ男さんみたいな、性犯罪者です」

「な、なんで性犯罪って決めつけるんだよ！」

「ご、ごめんなさい……」

フラグちゃんは反省する。確かに人を先入観で判断するのは、よくないことだ。

「確かに俺の犯罪は、同じ留学生のモブ美《み》の風呂を覗《のぞ》いたことだけど」

「反省を返してほしい」

フラグちゃんは切なく言った。

モブ男は額に手を当てて、溜息《ためいき》をつく。

「つうか、なんだよ『刑務所カースト』って。なんで殺人犯が一番偉いんだよ」

「ま、まあモブ男さんは、どこの社会でもカーストの一番下じゃないですか。気にすることないですよ」

「人をフォローする回路がぶっ壊れてるの？」

今度は、モブ男が切なくなった。

だが――持ち前の害虫並みのしぶとさで、こう決意を燃やす。

「俺は負けないぞ。必ず無事に出所してやる！」


「立ったぞ？」

白い翼をはためかせ、生存フラグが舞い降りてきた。

「前向きな意思を持つのは生存フラグじゃ……モブ男よ。キサマが刑務所でも生き残れるようにしてやる」

「おお！」

モブ男の目が輝く。

「そのためにコーチを呼んだ。来い、ビリー！」

生存フラグが指を『パチン』と鳴らす。サングラスをかけた、スキンヘッドの黒人男性が近づいてきた。

その迫力にモブ男は思《お》わずあとずさる。見上げるほどの身長——二メートルは超えているだろう。たくましい筋肉で、シャツがはちきれそうだ。

「よろしくだピョン」

独特の話し方に、モブ男は困惑しつつも、

「な、なるほど。このビリーさんに格闘技などを教わって、刑務所で『女役』にされないようにする訳だね？」

生存フラグが、ひんやりとした目を向けて、

「誰がそんなことを言った？　キサマがコーチしてもらうのは……」

モブ男の肩をビリーが抱き、熱い吐息《といき》をかけてくる。

「俺が手取《てと》り足取《あしと》り、教えてあげるピョン」

「え、まさか……」

ビリーが大きな手で、尻をまさぐってきた。

「痛いのは最初だけピョン」

「まさか『女役』としてのコーチ!?」

モブ男は顔面蒼白《そうはく》になった。

ビリーの腕に力がこもる。

「これからする特訓のメリットは『女役』に慣れることだけではないピョン」

モブ男の耳元で、情熱的にささやいてくる。

「たいてい囚人は、刑務所に入る際、物品《ぶっぴん》を尻の穴に入れて持ち込むピョン。そのための訓練にもなるピョン」

「それで納得できるかぁ！」

モブ男はビリーを振りほどき、生存フラグの足にすがりついた。

「お願い、格闘技教えるとか、違う訓練にして！」

「キサマが苦しい鍛錬に耐えられる可能性は皆無《かいむ》。時間の無駄じゃ」

「なんという、ダメな方の信頼！」

気絶しかけるモブ男。

それを見たフラグちゃんが、生存フラグの腕をつかんで、

「あの、さすがに気の毒ですよ」

「ううむ……」

生存フラグは銀髪をかいた。

彼女は『優しくなる』ことを目標としている。どんな手を使っても、生存フラグを回収

すればいいというものではない。

面倒そうに溜息をついて、

「仕方ない。モブ男が刑務所に入らずに済む方法を考えてみるか」

「アタシも協力するわ」

失恋フラグが現れた。両こぶしを握りしめ、決意を燃やす。

「モブくんが刑務所で『女役』になるなんて見過ごせないもの！」

「立ったよ〜」

続いて、恋愛フラグが笑顔で現れた。

失恋フラグが、オッドアイに涙を浮かべて、

「アタシとモブくんに恋愛フラグが立ったの!? ……そうか。愛する人のため法廷で戦う

のは、鉄板の恋愛フラグってことね！」

「いや、そんなこと誰も」

「こうしちゃいられないわ。モブくんの収監を防ぐため行動開始！」

失恋フラグは、生存フラグの手をとった。

「行くわよ、生存フラグさん！」

「ちょ、引っ張るな……」

ものすごい勢いで駆けて行った。

■

そして失恋フラグと生存フラグは、モブ男の減刑のために奔走《ほんそう》する。

まず、やる気のない今の弁護士を、敏腕《びんわん》弁護士に交代（失恋フラグがポケットマネーを使った）。

続いて、モブ男が風呂をのぞいた際の目撃者に話を聞き、周辺の防犯カメラも徹底的にチェックした。

結果。

モブ男がモブ美《み》の風呂をのぞいたのは、道端のエロ本を拾いにいった際に見えてしまった不可抗力《ふかこうりょく》。計画性がなかったことが認められる。

そのため執行猶予《しっこうゆうよ》がつき、収監はまぬがれることとなった。

「やったわ、ありがとう生存フラグさん！」

「うむ、キサマもよくやったな」

失恋フラグは生存フラグと、がっちり握手。

よい知らせを届けるべく、モブ男《お》のアパートへ向かう。成《な》り行《ゆ》きが気になるフラグちゃんと恋愛フラグもついていく。

玄関から現れたモブ男は、安堵《あんど》のあまりへたりこんだ。

失恋フラグの手を取り、

「ありがとう。本当にありがとう！」

「ほ、ほあぁ……モブくんのためなら火の中、水の中ですもの」

たまにモブ男の家の中に、潜入《せんにゅう》したりもするほどだ。

「むむむ」

手を繋《つな》ぐ二人を見て、頬《ほお》を膨《ふく》らませるフラグちゃん。それを見て恋愛フラグがニヤニヤする。

失恋フラグは幸せをかみしめる。

（や、やったわ。これでモブくんとアタシの恋愛フラグを、回収できたのね）

「これでビリー以外の男に、抱かれずにすむよ」

「へっ？」

変な声を出す失恋フラグ。

　アパートの奥からビリーが現れ、ぶっとい腕をモブ男の肩に回した。

　モブ男は身体《からだ》を預けながら、乙女《おとめ》のように頬を染め、

「ビリーの『特訓』のおかげで、俺は新しい世界を知ることができたんだ」

「えええ⁉」

　悲鳴をあげる失恋フラグ。

　生存フラグが頬をひきつらせて、

「しまった。ビリーの特訓をキャンセルするのを忘れておった……」

　失恋フラグは涙目で、恋愛フラグに問う。

「も、もしかして、このまえ立った恋愛フラグって、アタシとモブくんのじゃなく……」

「どうやら、モブ男くんとビリーのものだったみたいだね」

「そんな‼」

　泡を吹いて倒れる失恋フラグ。

　それを横目に、ビリーはモブ男をお姫様だっこした。

「モブ男、アメリカは二〇二二年にバイデン大統領の署名により、同性婚が法的に認められたピョン」

「え、ビリー、もしかして」

「これから婚姻届《こんいんとどけ》を出しにいくピョン」

「自由の国ばんざーい！　俺、幸せになります!!」

役所へ駆け出す若きカップルに、失恋フラグは絶叫《ぜっきょう》した。

「ちょっと待ってモブくん!?　ぴえ〰〰ん!!」

■シネコン

フラグちゃんたち四人は、『裁判もの』の映写室から出た。ドア上部の『上映中』のランプが消える。

恋愛フラグが大きく伸びをして、

「いやー、やっぱりモブ男《お》くんは、楽しい子だなあ」

そこへ、拍手が聞こえた。

ディスプレイに映る、ファントムマスクの人物『監督』のものだ。

『みなさん、お疲れ様でした。非常に参考になりました』

「『参考』？　なんの参考じゃ」

生存フラグが、トゲのある声で問う。

だが『監督』は、あくまで穏やかに、

『いずれわかります。次の仮想世界の準備もできておりますので、行ってらっしゃいませ』

たしかに――『パニックもの』と書かれた映写室に『上映中』のランプが点灯《てんとう》している。

フラグちゃんは口元に手を当てて、考えた。

（『監督』は、仮想世界での私たちの様子を、熱心に観察しているようですね）

一体、なんのためだろう。

だがまだ情報が少なすぎる。いまは従うしかない。

（デスゲームとかで『つきあってられるか！』などと言うのは、死亡フラグですからね）

死神らしくそう思い、『パニックもの』の映写室へ向かった。


⚑映写室・二『パニックもの』 生きたまま埋葬《まいそう》されたらどうなるのか？


「俺の名はモブ男。十九世紀のロンドンに住んでいる。今はちょっと入院中……ふぁあ」

目をさましたものの、あたりは真っ暗だ。

あくびをしながら身を起こすと、何かに額をぶつけた。

「いって。え、ここどこ⁉」

その声は、耳が痛くなるほどに反響《はんきょう》した。かなり狭い所にいるようだ。

あたりを手でまさぐると、木の板の感触。

細長い箱の中にいるようだ。これはまさか……

「か、棺桶《かんおけ》の中⁉　モブ美《み》！　モブ美！」

同棲《どうせい》する恋人の名を呼ぶが、返事はない。

手でフタを押すが、僅《わず》かに動いただけ。フタの隙間からパラパラと何かが落ちてきた
……土の匂い。地中に埋められているのか？

まさか『死んだ』と勘違いされ、生きたまま埋葬された？

「ま、マジか。誰か助けて！」


「立ちま……むぐっ」


フラグちゃんが現れた。だが狭い棺桶の中ゆえ、当然密着《みっちゃく》するかたちになる。

「きゃあああ！　モブ男《お》さん、離れてください！」

「無茶《むちゃ》言わないで！」

「で、でもモブ男さんと密着……うわ、くさっ！　今日は史上最悪に臭い！」

あまりの激臭《げきしゅう》に、フラグちゃんは咳《せ》き込《こ》んだ。

「モブ男さん、いつお風呂入ったんですか」

「そんなもん、一度も入ったことないよ」

「……そ、そうか。この時代のロンドンは風呂が一般的ではなく、体を拭《ふ》く程度で済ませる事が多かったから……」

絶望するフラグちゃんに、モブ男が問う。

「それはそれとして、フラグちゃん。どうすればこの状況から助かるだろう」

「私は『死亡フラグ』ですよ。ターゲットが助かるようなこと教えると思いますか？」

「思う」

「めちゃくちゃ死神としての信頼がない……」

フラグちゃんは優しすぎるがゆえに、モブ男が助かるよう導くことが多い。

唇を尖《とが》らせて、

「ふんだ。今回こそ助けてあげません」

「まあ別にいいよ。誰かが近くを通りかかるかもしれないし、それまでダラダラしよう」

ガバガバな計画をもとに、モブ男は目をとじた。

フラグちゃんは絶句し、しばらく迷っていたが……

独《ひと》り言のように口走る。

「あー、この棺桶の大きさからすると、あと三時間もしないうちに、酸素が尽きて、死んでしまうなー」

「マジで⁉　教えてくれてありがとうフラグちゃん」

「えへへ」

「死神には全然向いてないけど」

「……」

フラグちゃんが、いたたまれない気持ちになっていると。

（あれ？）

モブ男の呼吸音が聞こえなくなった。どうやら、息を止めているようだ。

「何してるんですかモブ男《お》さん。己の臭さに耐えきれず、呼吸を止めたいという気持ちはわかりますが」

「ぶはっ。全然わかってないじゃないか……少しでも、フラグちゃんの酸素を温存できるようにしてるだけさ」

「モブ男さん……」

フラグちゃんの頬《ほお》が染まる。

彼女は死神なので、酸素がなくても死ぬことはない。だがその気持ちが嬉《うれ》しかった。

モブ男を守るためにも、『監督』に仮想世界を破壊させるわけにはいかない。

（私は、モブ男さんがたまに見せる、優しいところが――）

「立ったぞ？　危機的状況でも他人を気遣《きづか》うのは生存フラ……ぬおっ!?」

生存フラグは現れた瞬間、うろたえる。

棺桶《かんおけ》の中に三人という窮屈《きゅうくつ》さ、モブ男の臭さ、そして——

「おいキサマ、わしの胸に顔をうずめるな！」

「よっしゃあ計算通り！」

どうやらフラグちゃんを気遣う発言は、生存フラグを呼んで密着《みっちゃく》するためだったらしい。

「むぅぅうう、最低です！」

フラグちゃんの心は沸騰《ふっとう》した。さっき感動したのが恥ずかしい。

一方、生存フラグはモブ男を押して距離をとろうとするが、狭すぎてうまくいかない。

「おい離れろ。殺すぞ！」

「棺桶の空気が尽きて窒息《ちっそく》死するから、その脅しは怖くない！　どうせ死ぬなら、おっぱいに挟《はさ》まれて死ぬ！」

「お、おのれー！」

ダメな方に前向きなモブ男。

そのとき。

棺桶の外——上の方から、音が聞こえた。

（これは）

耳をすませる。どうやら土を掘り返しているようだ。その音は、だんだん大きくなっていく。

（もしかして！）

棺桶《かんおけ》のフタが開いた。

月光に目を細めて見上げると、恋人のモブ美《み》がシャベルを持っている。

「モブ男《お》、よかった……！」

どうやらモブ美からは、フラグちゃんと生存フラグが見えていないようだ。死神や天使は、人間から認識されないようにする事もできる。

「ふん！　助かったのなら用はないな。付き合ってられるか」

生存フラグは、モブ男に一蹴《ひとけ》り入れて去って行った。フラグちゃんもついていく。

（ああモブ美、君は最高の恋人だ）

そう感謝しつつ、モブ男は蹴りのダメージで気絶した。


モブ男が目をさますと、見知らぬ部屋にいた。

ベッドに寝かされており、周囲には医療器具が整然と並んでいる。

（病院……？　やった。助かったんだ）

近くにいた白衣の青年が、驚愕《きょうがく》する。

「こ、この男、まだ生きてますよ、先生！」

『先生』と呼ばれた中年男性が、手袋をはめながら、

「もう金は払ってしまったからな。それに法的には、この男はすでに死んでいる。続行してもなんの問題もない」

（いったい、何の話だ？）

その疑問に答えるように、中年男性はモブ男を見下ろし、

「モブ美とかいう女が、君の『遺体』を売りに来たのだよ。私たちが解剖《かいぼう》するためのね」

「……へ？」

――十九世紀のロンドンでは、解剖用の献体《けんたい》が不足していた。

そのため死体盗掘人《とうくつにん》が墓をほりかえし、死体を外科医に売る事件が多発していたのだ。

モブ男は目をむいた。

「え、じゃあモブ美が俺を見つけて『よかった……！』って言ってたの何!?」

「たぶん『ほかの死体盗掘人に盗《と》られてなくてよかった』という事ではないかね」

「そんな理由!?」

生きたまま解剖《かいぼう》されたらたまらない。モブ男《お》は必死で逃げ出し、自宅アパートへ戻った。

そこにはモブ美《み》がいた。

「え、モブ男!? 帰ってきたのね、嬉《うれ》しい」

モブ男の売却で得たらしき紙幣《しへい》を数えているので、説得力はない。

「ウソつけモブ美。俺を売ったくせに！」

「『死んだ』と勘違いしていたのよ。仕方ないでしょう？ それにあの外科医たちも後《うし》ろ暗《ぐら》いことをしている。モブ男を追ってくることはできないわ」

たしかに考えようによっては、大金を手に入れただけともいえる。

「このお金を元手《もとで》に、二人で新しい生活を楽しみましょう」

「そうだね、ハニー！」

「では祝杯《しゅくはい》よ」

モブ美はグラスを二つ持ってきて、ワインをそそいだ。

乾杯してから、モブ男があおると……

「ん!?」

胸に焼け付くような痛みが走り、仰向《あおむ》けに倒れる。まさかワインに、毒が？

モブ美が傍《かたわ》らにしゃがんで、モブ男を大切そうに撫《な》でてきた。

「『帰ってきたのね、嬉しい』と言ったのは本当よ」

にたぁ、と笑い、

「だってもう一度、解剖用に——アンタを他の外科医に売れるでしょう？」

（ぎゃ————!!）

そしてモブ男は死んだ。Dead《デッド》 End《エンド》だ。

■シネコン

フラグちゃんたちは『パニックもの』の仮想世界から出る。ディスプレイに映る神様が『お疲れ様』と言ってくれた。

生存フラグが苦い顔で、フラグちゃんを見下ろしてくる。

「ふん、やるではないか。まさかあそこから死亡フラグを回収されるとは思わんかった」

「いや私、ほぼ何も……モブ美さんが勝手に動いてモブ男さんを殺害してしまいましたし」

フラグちゃんより、死神にふさわしいかもしれない。

そのとき「きぃー！」という叫び声。失恋フラグが地団駄《じだんだ》を踏み、ツインテールを上下《じょうげ》に揺《ゆ》らしている。

「モブくんと、狭い棺桶《かんおけ》に入るなんて、うらやましい〰〰！」

「正気かキサマ？　すさまじい悪臭じゃったぞ。神の口臭すら遠く及ばぬ」

『喜んでいいのかな？』

神様が切《せつ》なくいった。

失恋フラグは両手を組み、夢見るような眼差《まなざ》しで、

「まあいいわ。アタシはモブくんと添い遂《と》げて、一緒のお墓に入るから」

「キサマ、死神だから不死身じゃろうが」

そう突っ込まれつつ、失恋フラグはディスプレイに顔を近づけて、

「神様、次はアタシにも出番を！　失恋フラグを立てさせてください」

『わかってるよ』

神様がキーボードをたたく。すると『現代ＳＦ』の映写室に『上映中』のランプがついた。

『監督』が言う。

『次が、今日最後の仮想世界です。貴方《あなた》たちの個性を、もっともっと見せてください』

▶映写室・三『現代SF』　スマホになったらどうなるのか？

待ち合わせ中の男女が沢山いる、駅前。

（俺の名はモブ男《お》。彼女のモブ美《み》にデートをすっぽかされてしまった）

最近のモブ美はどうも冷たく、しばらく会えていない。自宅アパートに帰ってもすることがないので、女性ウォッチングをすることにした。

スマホを操る巨乳美女を見ながら、ぼそっと呟《つぶや》く。

「スマホになりたいなあ」


「やっほー、モブ男くん」

恋愛フラグが、満面の笑みで現れた。

「あ、師匠。もしかして俺に恋愛フラグが？」

「いや、モブ男くんが『スマホになりたい』とか言ってたから、気になってね。どうしてそんな願いを？」

「だって美女のスマホになれば、四六時中《しろくじちゅう》そばにいれるし、体温や吐息《といき》も感じられるんだよ？　最高じゃないか」

「うわ……っ」

恋愛フラグは、しっかりめに引いた。

気をとりなおして掌《てのひら》をかざすと、小瓶《こびん》があらわれる。

「じゃっじゃ～ん！　天界アイテム『メタモルドリンク・プレミアム』だよ」

「あ、それ、前にも飲んだ……たしか別の生物に変身できるやつ」

モブ男《お》はこのドリンクで犬や、微生物『嫌気的《けんきてき》メタン酸化アーキア』に変身したことがある。

「それはただの『メタモルドリンク』だね。これは『プレミアム』だから、無機物にも変身——って、もう飲んでる」

そしてモブ男はスマホになった。最近ＳＯＭＹ《ソミー》から発売されたばかりの最新機種にそっくりだ。

恋愛フラグが拾い上げて、

「アフターサービスとして、君をモブ美《み》ちゃんが使うよう手配してあげるよ」

モブ男スマホが、スピーカーで応じる。

「ありがとう師匠。これでモブ美のプライベートを、のぞき見し放題……ぐふふ……」

「立っちゃった！」

失恋フラグが手を振って現れた。八重歯《やえば》が可愛《かわい》らしい。

「あ、失恋フラグちゃん」

「モブくん、プライベートをのぞき見するのは失恋フラ――」

「師匠、シャットダウンしてくれない？」

モブ男は恋愛フラグの操作で、電源を落とした。

「ちょっとモブくーん!? うぅ、そんなにモブ美ちゃんがいいの……そうだ、れんれん」

「なに？」

「『メタモルドリンク・プレミアム』って、もう一本ある？」

■スマホ生活

モブ男（スマホ）は目をさました。どうやら電源を入れられたようだ。

カメラで周囲を見回すと、

（うおっ）

間近から、モブ美が見つめてくる。どうやら彼女のマンションのようだ。モブ男が必死の思いでプレゼントした、高級ブランド品が並んでいる。

（師匠、モブ美が使うよう手配してくれたんだな）

「ええと、ここをこうして……」

モブ美《み》はいま、初期設定をしている。

自室なので、かなりくつろいだ格好だ。Tシャツの襟《えり》もとから豊かな胸が見えそうになっている。

(うっひょう、スマホ生活最高！　一緒に風呂にも入ろうね、モブ美！)

キモい想像をし、本体温度を上げたとき。

スマホ脇のカードトレイが引き出され、マイクロSDカードが差し込まれる。モブ美が、前のスマホでも使っていたものだろう。

個人データが流れ込んできた。

「！」

友人や家族、職場の同僚《どうりよう》との写真。そして……

(な、なんだこりゃ！)

モブ男《お》の顔見知り『モテ男《お》』とのツーショット写真が、何百枚も。いちおうモブ男との写真もあるが、数枚だ。

それぞれフォルダごとに管理されており、その名前は、

モテ男との写真フォルダ名……彼との思い出♥

モブ男との写真フォルダ名……ＡＴＭ

（ぐぁあああ‼）

モブ男はフリーズしそうになった。

ＬＡＮＥ《レーン》などの履歴《りれき》も流れ込んでくるが、モテ男との文面は甘ったるいものばかりで、見る気にもならない。

そんなモブ男の苦悩など知る由《よし》もなく。

「あら、バッテリーが少なくなってきたわね。ええと……充電器」

モブ美は充電器を取り出した。

その充電ケーブルと、モブ男が繋《つな》がろうとした瞬間、

「おかえり、モブくん♥」

充電器がささやいてきたので、驚愕《きょうがく》した。

「そ、その呼び方……もしかして、失恋フラグちゃん⁉」

「うん。来ちゃった」

『メタモルドリンク・プレミアム』を飲んで、充電器になったらしい。

「な、なんで」

「だってスマホって、かならず充電器のもとに帰ってくるでしょう？　そこで英気《えいき》を養って、出かけていく……充電器は『家で夫の帰りを待つ奥さん』みたいじゃない」

さすが極度《きょくど》のカプ厨《ちゅう》である。

「アタシは、彼氏に合わせて服装を変えたりするのを厭《いと》わない——充電器になるのも、その延長よ」

「普通、そこまでするかな!?」

女体《にょたい》に触れるため、スマホになった男が叫ぶ。

そして充電コードが、モブ男に挿《さ》される。

失恋フラグは、どこか艶《なま》めかしい声で、

「ひぅ！　アタシ、モブくんとつながっちゃった……もう死んでもいい……！」

まあ無機物なので、死んでいるようなものなのだが。

⚑

それからモブ男と失恋フラグの、新生活が始まった。

毎朝、失恋フラグは幸せを感じる。ケーブル越しにスリープ状態になっているモブ男を見ると、ドキドキする。まるで手を繋《つな》ぎながら寝ているかのよう。

（あぁ、アタシが送った電力が、モブくんを動かすのだわ）

そう考えると、嬉《うれ》しくてたまらない。

モブ美《み》が会社に出かける際は、

「いってらっしゃい、モブくん」

「いってきます」

夫婦のようなやりとりに、失恋フラグは発火しそうになる。

それを、窓の外から見つめる人物がいた。

「むむむ……」

フラグちゃんだ。モブ男が恋敵《こいがたき》と一緒に暮らしていることに、胸がモヤモヤする。

その肩に、失恋フラグが手を乗せて、

「やきもきしてるね、しーちゃん。まあこのジュースでも飲んで、落ち着いたら？」

「ありがとうございます。ごくごく……え？」

フラグちゃんの体が変化していき、なんと……

モバイルバッテリーになった。

恋愛フラグが飲ませたのは『メタモルドリンク・プレミアム』だったのだ。

「ふ～ん、このドリンクは『本人がなりたいもの』に変身できるんだけど」

掌《てのひら》にフラグちゃんを乗せて、

「もしかして『私もモブ男《お》さんとつながりたい』って思っちゃったのかな？」

「そ、そんな訳ないじゃないですか！」

フラグちゃんは照れているのか、赤いランプを光らせる。

それを恋愛フラグは、指でつつきながら、

「ふふ、可愛《かわい》い……じゃあしーちゃんも、モブ美《み》ちゃんが使うよう、取《と》り計《はか》らってあげる」


いっぽうモブ男は、スマホ生活を満喫《まんきつ》していた。

現代人がスマホを手放すことは、ほとんど無い。モブ美もその例に漏《も》れないため、私生《しせい》活《かつ》を見放題だ。入浴、自室でのあられもない姿、会社の更衣室……

スマホ生活に慣れてくると、少し『自分自身の操作』もできるようになった。それでモブ美のちょっとエッチな写真も撮ったりした。

（うっひょぉお～最高！）

マンションに帰ると、失恋フラグが迎えてくれる。

「おかえり～モブくん。ご飯にする？　それともお風呂？」

「充電」

「ご飯ね、はい♥」

失恋フラグはモブ男とケーブルでつながり、うっとりしたが……

ふと、違和感を覚えた。

「どうしたの、失恋フラグちゃん」

「……他のモバイルバッテリーの匂いがする」

「モバイルバッテリーの匂い⁉」

『ほかの女の匂い』のような言い方だ。

モブ男は弁解《べんかい》する。

「実はフラグちゃんも、モバイルバッテリーに変身したみたいで……それで今日、充電してもらって」

「なんですって⁉　あのちんちくりん、私とモブくんの愛の巣に入ってくるなんて、許せない！」

ガチめの殺意を燃やした時。

フラグちゃん（モバイルバッテリー）が、モブ美によって鞄《かばん》から取り出された。

「うう、お腹《なか》すきました……充電して頂けませんか」

「浮気だけでは飽き足らず、妻であるアタシにたかろうっていうの⁉　この泥棒猫‼」

斬新な修羅場《しゅらば》に、のぞき見ていた恋愛フラグはクスクス笑った。

⚑

そんな生活が、約一ヶ月《いっかげつ》続いた。

休日、モブ男《お》は、いつものようにモブ美《み》の胸ポケットに入れられて出かけた。歩くたびにモブ美のGカップが当たり、まさに桃源郷《とうげんきょう》である。

(デュフフ)

モブ美は、今日はあまりスマホを使わないつもりらしい。フラグちゃん――モバイルバッテリーを持っていないからだ。

(今日はどこに行くのかな。モテ美《み》ちゃんと海に行くとかだったらいいな)

そして到着したのは……スマホショップ。

窓口に通されると、モブ美が言った。

「動作が少しおかしいので、機種変更したいんですけど」

「!?」

ショックのあまり、モブ男はフリーズした。

店員が画面をのぞきこんで、

「あ、確かに動作不良を起こしてますね」

「でしょう？　それに覚えのない私の写真が撮られていたり、気持ち悪くて……ウイルスとかで変質者に乗っ取られて、遠隔《えんかく》操作されてるんじゃないかと」

まさか、スマホ自体が変質者とは思うまい。

店員がカタログを取り出す。

「わかりました。では買い換える機種をお選びください。このアイファン15《フィフティーン》なんか、いますごく出ていますよ」

「わぁ、素敵ですね」

カタログに目を輝かせるモブ美。モブ男は激しく嫉妬《しっと》した。

（こ、この浮気者ー！）

モブ美が機種を決めると、店員はモブ男を手に取り、

「ありがとうございます。こちらの古い機種はどうされます？　お持ち帰りされますか？」

「いえ、邪魔なので、下取《したど》りしてください」

（下取り!?）

再びフリーズしそうになるモブ男。

モブ美《み》が尋《たず》ねる。

「ちなみに下取《したど》りされたスマホって、どうなるんですか？」

「主《おも》に海外市場に売られますね」

店員は『システム』↓『設定』↓『リセットオプション』とタップする。

(そ、その操作は初期化！　それをされたら、撮りためたモブ美のいやらしい写真も、記憶も消えてしまう！)

モブ男《お》は恐怖で、激しくバイブレーションした。

――そんなふうに彼が、絶体絶命《ぜったいぜつめい》とも知らず。

モブ美のマンションで、失恋フラグとフラグちゃんは、こんな会話をしていた。

「モブくんまだかな～。ふふん、結局モブくんはアタシのいる所に帰ってくるのよ」

「一緒にお出かけするのは私ですよ。あー、この間のお買い物、楽しかったなー」

「むむむ」

そしてデータ消去されたモブ男は、とある国の脂《あぶら》ぎったおじさんに買われた。

太い指で画面を撫《な》でまわされ、通話の際は唾《つば》を飛ばされる。

(ぎゃー！)

だがある日、おじさんがスマホでエッチな動画を再生した。

モブ男の好みとピッタリである。

（おぉ、なかなかいい趣味してるな。意外とこの生活もいいかも……ん？）

画面に、生暖《なまあたた》かい息が当たる。

おじさんが、間近から凝視《ぎょうし》して大興奮しているのだ。

（いやぁああああ!!）

なかなかの生き地獄であった。

▶シネコン

フラグちゃん、失恋フラグは『現代ＳＦ』の映写室から出た。

失恋フラグは目にハンカチを当てて、

「うう、可哀想《かわいそう》なモブくん」

「地獄みたいなラブコメじゃった……」

生存フラグは、胃もたれしたような顔だ。

その隣で、恋愛フラグがクスクスと笑っている。

「やっぱりモブ男くんは最高のオモチャだね。彼を守るためにも、仮想世界の破壊なんかさせないんだから」

そこへ、拍手が聞こえた。

ディスプレイに映る『監督』のものだ。

「実に興味深い展開でした。特に天使No.51——あなたの働きは特筆《とくひつ》すべきものです」

「……？　ありがと」

恋愛フラグは、いつも通りに振る舞っただけだ。

それが、何故か随分《ずいぶん》と『監督』に刺さったらしい。

『本日の活動は、これで終了です。明日に備えて、ごゆるりとお休みください』

「休めといっても、どこでじゃ」

『そこはショッピングモール。休む場所などいくらでもあります。店員はいませんが、全ての店はちゃんと使え……きゃっ』

ふと『監督』がバランスをくずし、うつぶせに倒れた。

「「「え!?」」」

フラグちゃんたちは驚いた。

『監督』の黒いマントがはだけ、幼児のような小さな身体《からだ》が見える。着ているのは紫を基《き》調《ちょう》とした、女もののドレス。

身長は、竹馬でごまかしていたようだ。

らしい。

「おいキサマ、いったい何者――」

生存フラグが叫んだとき、唐突に画面が切れた。どうやら想定外のアクシデントだった

四人は顔を見合わせる。

「何者なんでしょう。女の子みたいでしたけど」

「あの服装は、天界で一度も見た覚えがないな。となると外部からの敵か……？」

生存フラグが、豊かな胸の下で腕組みする。

うーん、と恋愛フラグが顎《あご》に指をあてて、

「外部からの敵、とかだと、ちょっとおかしいんだよね。だって『監督』って、ボクたちの事情に精通《せいつう》しすぎじゃない？」

「そういえば……」

フラグちゃんは『監督』の、この言葉を思い出した。

『仲間との大切な場所である『仮想世界』を、壊されたくないでしょう？　なにより死神No.51、No.２６９は、愛する『モブ男《お》』を失いたくないでしょう？』

『監督』はこちらの弱点を知り尽くしている。前々《まえまえ》から自分たちの様子をうかがっていた

のか？

議論が煮詰《につ》まってきたとき、生存フラグが空気を変えるように、

「まあ天界に帰れない以上、あまり考えても仕方ない。このショッピングモールで、どう一晩過ごすか考えたほうが建設的じゃ」

「そうだね。さすがせーちゃん。じゃあレッツゴー！」

四人は、誰もいないショッピングモールの通路へ。

フラグちゃんはシネコンを振り返り、考える。

（明日《あした》からも、『監督』の言うことを聞かないといけないんですね）

仮想世界を破壊させないため、そしてモブ男《お》を守るために。

気を緩《ゆる》めることはできないが……

（ショッピングモールで一晩過ごすなんて、初めてです）

少しだけ、わくわくした。

⚑天界

天界、謁見《えっけん》の間。

　ファントムマスクの人物――死神№1は、床にぶつけた頭部をおさえた。慣れない高さの竹馬を使ったため、転んでしまったのだ。

「うう、痛い……」

　エメラルドグリーンの瞳がうるんでいる。

「だ、大丈夫かい、死神№1！」

　傍《かたわ》らに神様が屈《かが》み、ファントムマスクを外してくれる。

　№1の頭部を、たんねんに確認して、

「コブなどはないようだね。よかった」

「か、神様」

　№1は頬《ほお》を染めた。神様と、こんなに接近するなど久しぶりだ。

　それだけでなく。

　神様は大きな手で、優しく頭をなでてくれる。

「よしよし。いたいのいたいの飛んでけー」

（ふぁあああ）

　幸福のあまり、身震《みぶる》いしながら目を細める。

　思わぬ役得《やくとく》だ。

『監督』なんて役を強制されているのは、実に腹立《はらだ》たしいが。

三話　ショッピングモールを使い放題できたらどうなるのか？

フラグちゃんたち四人は、ショッピングモールの案内板を見ていた。

店内の地図と、テナントが書かれている。

恋愛フラグが紅《あか》い瞳を輝かせた。

「へ〰〰、バラエティ豊かだね。食料品はもちろん、服屋、家具店、フォーティワンアイス、猫カフェ、スーパー銭湯まであるよ」

「ふん、どうでもいいわ」

生存フラグはそんなことを言いつつ、猫カフェのところをガン見している。後で行く気まんまんのようだ。

とりあえず食料品売り場に行くことにし、歩き出す。

誰もいないショッピングモールは、少し不気味だ。四人の足音が、やけに大きく響《ひび》く。

「なんかこうしてると、ゾンビ映画で立てこもる生き残りみたいだね」

「き、気味の悪いことを言うな」

　ホラーが苦手な生存フラグが、青い顔でキョロキョロする。

　フラグちゃんは、窓から外を見てみる。いまは夜のようで、広い駐車場がライトで照らされていた。そのさらに外側は漆黒《しっこく》の闇だけだ。この仮想世界にあるのは、ショッピングモールだけらしい。

　食料品売り場に着いた。普通のスーパーのように商品が陳列《ちんれつ》されている。野菜や果物も、新鮮そのものだ。

　館内放送が聞こえてくる。

『ここのショッピングモールの食品は腐ったりはしません
ただ、消費したものは補充《ほじゅう》されません。計画的にお使いください』

「なるほど、気を付けなければいけませんね。もぐもぐ」

「もう〇ーゲンダッツ食っとる！」

　フラグちゃんが冷凍庫から〇ーゲンダッツを取り出し、その場で食べている。パッと見《み》、迷惑系ユーチューバーである。

「だ、だって食べ放題なんて夢みたいで……」

「仕方ないなあ。じゃあボクたちだけで色々買いにいこうか」

恋愛フラグがカートを押し、米、パン、野菜などを入れていく。失恋フラグは納豆ばかりを詰め込んでいた。

「キサマは納豆が好物なのか？」

「ゲン担《かつ》ぎよ。『モブくんと、こういう粘《ねば》ついた関係になりたいな』って」

「そうか……」

生存フラグは、洗顔フォームの原材料名を見ながら応じた。

三人は生活用品――歯ブラシや歯磨き粉、それにレジャーシートもカートへ放り込む。

フラグちゃんの所へ戻ると、まだ食べていた。〇ーゲンダッツの空き容器が百個近く積み上がり、冷凍庫には一つもない。

「〇ーゲンダッツ、全部食ったのか⁉」

「私もやめようとしたんです。でもこの手が、止まらなくって……」

妖刀《ようとう》にとりつかれて、大量殺人をしたヤツのようなことを言う。

「どうするんじゃ。さっきの館内放送によれば、〇ーゲンダッツはここにいる間《あいだ》食えんぞ」

「次は、フォーティワンアイスを食べつくします」

「イナゴか貴様は……」

このショッピングモールの甘味《かんみ》は、近いうちに食べ尽くされるであろう。

恋愛フラグが苦笑して、頬《ほお》を指でかく。

「まあ、しーちゃんらしいね。じゃあボクたちも、ここで食べちゃおっか。初日だし簡単に済ませよう。料理は明日《あした》からしようよ」

レジャーシートを拡《ひろ》げて、その上に腰を下ろす。

サンドイッチやプロテインバーなどを食べて、腹ごしらえをする。

フラグちゃんはロールケーキを一本食《いっぽんぐ》いしながら、

「ところでしばらく天界を留守にするわけですが、No.13さんにも連絡しておいた方がいいでしょうね」

「そうじゃな」

No.13は、最近フラグちゃん達《たち》とすごろくをしたりと、仲が良《い》い。

(もしかしたらNo.13さんなら、『監督』への対抗策が浮かぶかもしれませんし)

そう期待してかけてみたが、繋《つな》がらない。

恋愛フラグ達も、天界の知人に連絡をとろうとした。だが可能だったのは神様とだけだ。

生存フラグは、スマホを苦い顔で見つめて、

「通信も制限されている、というわけか」

「まあ予想はしてたけどね」

恋愛フラグはサンドイッチの空き袋を丸め、立ち上がった。

「じゃあ次は、拠点《きょてん》を確保しよっか？　いつまでいるか分《わ》からないけど、落ち着いて寝泊《ねと》

まりできる場所は必要でしょ」

「確かにな。じゃが、一体どこで」

「ボクに任せて。さっき目星《めぼし》をつけておいたんだ」

四人は、空き容器やレジャーシートを片付ける。

恋愛フラグの先導で、食料品や生活用品を満載《まんさい》したカートを押して進む。

「じゃ〰〰ん！　ここだよ！」

恋愛フラグは、寝具店《しんぐてん》の前で両手をひろげた。

たくさんのベッドがあり、寝間着《ねまき》なども陳列《ちんれつ》されている。少しレイアウトを変えれば、快適に過ごせるだろう。

「さすがれんれん、ナイスアイデア！　じゃあ今日から、このダブルベッドで二人で寝まっしょ……って聞いてない！」

恋愛フラグは店内を物色《ぶっしょく》し、十五万円もする天蓋《てんがい》付きベッドで飛び跳ねる。

「ボクこれ～」

「じゃあ私はこれにします」

皆が決めたあとは、生活しやすいよう店内を模様《もよう》替えする。

ベッドなども移動させるため、かなりの重労働だ。

(じゃあ、この天界アイテム使おうかな)

恋愛フラグが掌《てのひら》をかざすと、薬瓶《くすりびん》があらわれた。

飲むと摩擦係数《まさつけいすう》を操れる『マサツ丸《がん》』だ。ベッドの摩擦係数を減らして滑らせれば、簡単に動かせるだろう。

だが。

「ふっ」

軽々《かるがる》とベッドを運ぶ生存フラグを見ると、別に必要ないようだ。

恋愛フラグは『マサツ丸』をスカートのポケットにしまい、作業に加わった。

一時間ほどして、店内はだいぶすっきりした。余計な商品は通路に出し、店内に四台のベッドを並べた。絨毯《じゅうたん》を敷いたため、床でもくつろげる。大量の食料品は、電器店から持ってきた冷蔵庫に入れてある。

生存フラグは、額の汗をぬぐって、

「ふぅ、一段落ついたな……うぉっ!?」

壁にいつのまにか、等身大のモブ男《お》のポスターが何枚も貼られている。失恋フラグが、プリンターで作ったらしい。

「おい、不気味なものを貼るな!」

「だって私、モブくんの写真がないと眠れないんですもの。アタシの部屋の天井・壁・床は、彼の写真で埋め尽くされてるわ」

（こやつの部屋、一生行かないようにしよう）

生存フラグは固く決意した。

その後失恋フラグを説得して、なんとか環境型セクハラをやめさせる。

「仕方ない。じゃあモブくんグッズは、彼の声で起こしてくれる、この『モブくん目覚まし』だけにするわ」

「なんじゃそれは？」

失恋フラグは目覚まし時計を取り出し、鳴らした。

「お　は　よ！　お　は　よ！　あ　さ　だ　よ！」

声は確かにモブ男だが、一音一音《いちおん》の抑揚《よくよう》がめちゃくちゃだ。どうやら隠し録《ど》りした彼の声を、合成したものらしい。

皆がドン引きする中、失恋フラグは時計に頬《ほお》ずりして、

「明日《あした》は、いつものように優しく起こしてね、モブくん♥」

生存フラグは、あとで電池を抜こうと思った。

恋愛フラグが話題を変える。

「じゃあそろそろ、スーパー銭湯行こう！　ボク、このパジャマ使おーっと」

寝具店《しんぐてん》の商品を手に取る。

フラグちゃん達《たち》も同じように選び、皆でスーパー銭湯へ歩き出す。

恋愛フラグは、フラグちゃんが持つピンクのパジャマを見て、

「しーちゃん、可愛《かわい》いの選んだね。モブ男《お》くんにも見て貰《もら》えたらいいのにね」

「な、なに言ってるんですか！　……それは、まあ少しは……」

失恋フラグが両頬《ほお》に手を当てて、

「たしかに見てもらいたいわ。湯上がり姿でモブくんを悩殺《のうさつ》しちゃったりして。きゃー！」

「キミには聞いてな……あれ？」

恋愛フラグは違和感を覚えた。ポケットが軽いのだ。

振り返ると、離れた場所に天界アイテム『マサツ丸《がん》』が。落としてしまったらしい。

（まあ、戻るとき拾えばいいや）

「あ、れんれん、コスメ店がある！　ちょっと寄りましょ！」

四人はコスメ店で、シャンプーやボディソープ、入浴剤、化粧水、乳液などを入手した。

いずれも最高級品だ。

準備万端《ばんたん》で、スーパー銭湯へ向かったのだった。

■天界

一方。天界、謁見《えっけん》の間。

神様は空中に表示させたディスプレイで、ショッピングモールでの様子をこっそり見ていた。閉じこめられた四人を心配していたのだ。

（みんなで力を合わせて、明るく過ごしているようだね）

ホッとしていると、こんな会話が聞こえてくる。

『しーちゃん、可愛いの選んだね。モブ男くんにも見て貰えたらいいのにね』

『な、なに言ってるんですか！　……それは、まあ少しは……』

『たしかに見てもらいたいわ。湯上がり姿でモブくんを悩殺しちゃったりして。きゃー！』

（ふむ、モブ男がいれば、もっと楽しくなるかな？　ならば……）

神様はキーボードで、ある操作をした。

■摩擦係数《まさつけいすう》を操れたらどうなるのか？

「俺の名はモブ男《お》。家でダラダラしてたはずだが……ここどこだ？」

周囲を見回す。

ショッピングモールの通路のようだ。人の気配はなく、不気味である。

（あっ）

通路の奥に、フラグちゃん、生存フラグ、恋愛フラグ、失恋フラグの後ろ姿が見えた。

「ちょっと、みんな」

追いかけるも、四人はモブ男に気付くことなく、スーパー銭湯に入っていった。

「ん？　なんだこれ」

床に薬瓶《くすりびん》が落ちている。『マサツ丸《がん》』というラベル……拾い上げて『効能《こうのう》』のところを読んでみた。

・これを飲めば、摩擦係数を操ることができます
・沢山飲むほど、摩擦を操る力は増します
・操れる対象は『自分自身』と『手で触《ふ》れたもの』です

『摩擦係数』について詳しい解説も付いている。

「そうだ。これを使えば……ぐひひ」

モブ男は、とてつもなく汚い笑みを浮かべた。

⚑

フラグちゃん、生存フラグ、失恋フラグは身体《からだ》を洗ったあと、湯に浸《つ》かっていた。

一瓶《ひとびん》一万円の高級入浴剤を何十本も使ったため、すばらしい香りがただよっている。薬《やっ》効《こう》成分が、肌から染みこんでくるようだ。

フラグちゃんは、うっとり上気《じょうき》した顔で、

「あぁ……こんな贅沢《ぜいたく》、二度とできませんね」

「ふん、ムリヤリ閉じこめられたのだから、これくらいやって当然じゃ」

生存フラグはそう言いつつも、己の髪をまんざらでもなさそうに見ている。さっき使ったシャンプーが髪質《かみしつ》と合っていて嬉《うれ》しいようだ。

（……それにしても）

フラグちゃんは金色《こんじき》の瞳を見ひらいて、

「せ、生存フラグさんと失恋フラグさんの胸、お湯にぷかぷか浮いてますね」

「ふだんは重くて肩がこるから、楽でいい」

「ええ、その意味でもお風呂は最高よね」

その会話を。

モブ男はよだれを垂《お》らして聞いている。

(ぐへへへへえ。たしかに風呂は最高だよ。俺にとっても)

大浴場の外壁《がいへき》に、ヤモリのようにくっついていた。両の掌《てのひら》、それに両膝《ひざ》の摩擦係数《まさつけいすう》を上げているのだ。

スーパー銭湯の小窓に近づいたが、曇りガラスで中は見えない。当然、のぞき防止策はとられている。

(だがこんなもので、今の俺を止めることはできない!)

モブ男は小窓のフチ部分——そこのネジに爪を差し込んだ。ネジは何の抵抗もなく、反時計回りに回る。ネジの摩擦係数を0にしたのだ。

その要領《ようりょう》で全てのネジをはずし、小窓を取ると……

「え」

湯に浸《つ》かるフラグちゃんと、ばっちり目が合った。

「ぎゃあああ——!? モブ男さん、なぜここに!?」

驚いたモブ男は、浴室に落ちてしまう。

生存フラグがタオルで身体《からだ》を隠し、湯船から飛び出し、蹴りを放つ。

「天誅《てんちゅう》――なにっ⁉」

顔に命中したはずだが、ほぼノーダメージのようだ。

モブ男は顔と足裏の摩擦係数を減らした。そうすることで蹴りをうけながし、しかも床を滑ることで衝撃を逃がしたのだ。スケベが絡《から》むと、恐るべき応用力を発揮する。

「何この騒ぎ……って、モブ男くん⁉」

パジャマ姿の恋愛フラグが、更衣室から顔を出した。胸にいろいろ細工をするため、一足《ひとあし》早く風呂から上がっていたのだ。

頭の回転の早い彼女は、外れた窓を見ただけで状況を察する。

「まさか『マサツ丸《がん》』を飲んだの？　勝手な事をするオモチャは、おしおきしなきゃ――」

モブ男が間合いをつめ、恋愛フラグの肩を叩《たた》いた。

すると。

「きゃあああ――⁉」

恋愛フラグのパジャマと下着が、ずるずると滑り落ちていく。体表《たいひょう》の摩擦係数を下げたのだ。

もちろん胸部《きょうぶ》のカサ増しも落ち、真の胸の大きさを露《あら》わにしていく。

恋愛フラグは必死で胸元を押さえながら、

「モ・ブ・男・く〜〜〜ん!!」

「ははは、ついに師匠に一矢報《いっしむく》いたぞ!」

モブ男は有頂天《うちょうてん》で更衣室を通りぬけ、廊下へ飛び出した。

「待ちなさいモブ男さん!」

タオルを巻いたフラグちゃんが、大鎌を片手に追いかけてくる。

「とうっ!」

モブ男は床にスライディングすると同時に、全身の摩擦係数《まさつけいすう》を下げた。

すると——まるでボブスレーのように超スピードで滑走《かっそう》。いくらフラグちゃんでも、追いつくことはできない。

ショッピングモールの端まで逃げて、摩擦係数を上げて止まる。

「ふぅ、ここまで逃げれば安心だろ」

「立ちました。今の台詞《せりふ》は死亡フラグですよ」

フラグちゃんが現れた。

死神は、死亡フラグを立てた者のもとへ、空間を超越《ちょうえつ》してやってくる。

大鎌を構え、にじりよってくる。いつも優しい金色《こんじき》の瞳に、殺意が漲《みなぎ》っていた。

「今回の狼藉《ろうぜき》は許せません。覚悟して下さい」

モブ男《お》は冷や汗をかいた。

(い、いくら摩擦を操れても、この大鎌でやられて無事でいられるか？　――そうだ)

『マサツ丸《がん》』の、この注意書きを思い出した。

・沢山飲むほど、摩擦を操る力は増します

マサツ丸の瓶《びん》をあける。丸薬《がんやく》を全て口に注ぎ込み、かじって飲み込む。

「俺の摩擦を、限界まで0にする！」

「そ、それはやめてください」

フラグちゃんが焦《あせ》っている。

(俺を逃がさないつもりだな。そうはいくか)

彼は、自分の摩擦係数《まさつけいすう》を完全な『0』にした。

そして、モブ男は粉々《こなごな》になった。

その数『6000000000000000000000000個』。

バラバラ死体としては人類史上最大の数だろう。服と靴だけが、その場に取り残される。

「阿呆《あほう》が。人間の身体《からだ》は何で出来ておる？」

タオルを巻いた生存フラグがやってきて、

「無数の原子じゃ。原子は摩擦により密着《みっちゃく》し、細胞などを構成する。だから摩擦をなくせば四散《しさん》してしまうのじゃ」

フラグちゃんは肩を落としている。好きな人が目の前で粉々になれば、無理もない。

「気にするな。モブ男は——文字通り千の風になって、大きな空を吹き渡るじゃろう」

「ここショッピングモールのみの仮想世界だから、大きな空はないですけどね……」

フラグちゃんは、やんわり突っ込んだ。

せめてもの供養《くよう》として、モブ男の原子が飛び散ったあたりで掃除機をかけ、そこから紙パックを取り出して駐車場の花壇に埋めた。

墓である。花屋から花を、仏具店《ぶつぐてん》から線香を持ってきて供《そな》えた。

フラグちゃんは、失恋フラグと並んで手を合わせつつ、

（早く明日《あした》にならないかな。元気なモブ男さんの姿を見たい）

その後。

『なぜモブ男が現れたのか』という議論になって、自首した神様は生存フラグからガッツリ怒られたのだった。

閑話　死神No.1とコンソメ丸

──時間は少し戻る。

フラグちゃん達《たち》がショッピングモールの食料品売り場にいるとき。

天界の謁見《えっけん》の間で、神様が大きく伸びをして、

「さて、死神No.269のペット・コンソメ丸の様子を見てこないとね」

No.1が慌てて止める。

「か、神様が死神のペットの面倒《めんどう》を見るなど！　私がやっておきます」

「そうかい？　ありがとう。君に任せれば安心だよ」

No.1は頬《ほお》がゆるむのをこらえた。彼女には、その言葉がなによりの報酬だ。

『監督』の黒マントを脱ぎ、甲冑《かっちゅう》や髑髏《どくろ》の仮面などを身につける。竹馬を操り『死神寮』へ向かう。すれちがう死神たちは、気圧《けお》されたように後ずさった。

（ここがNo.269の部屋ですか）

神様から借りたマスターキーで鍵をあけ、中に入る。

電気をつけると、部屋の隅に小さなサラマンダーが見えた。色は白と黒で、両の掌《てのひら》に乗るほどの大きさだ。

（はっ）

No.1は鼻で笑う。普通サラマンダーは高温の炎をまとっているもの。だがコンソメ丸からは何の力も感じない。

（No.269にお似合いな、落ちこぼれのペットですね。さっさと餌を与えて帰りましょう）

フラグちゃんが言った『世話のしかた』を思い出す。

「ええと、たしかポテトチップスのコンソメ味が好物……これですね」

棚《たな》から袋を取り、中身を数枚とって差し出した。

「ほら、さっさと食べなさい」

「ジー！」

駆け足で近づいてくる。一枚一枚食べるたび、嬉《うれ》しそうに目を細める。

お礼を言うように、No.1の手に頬ずりしてきた。

（か、可愛《かわい》い……かも）

そう思ったとき、コンソメ丸がチップスを一枚残し、ジージー鳴きはじめた。『お前も食べろ』ということだろうか。

「ぶ、無礼な。誰がこんな子供っぽいものを！」

No.1は『立派な死神』になるべく、己《おのれ》を厳しく律《りつ》している。それは食生活にまでおよび、嗜好品《しこうひん》などほとんど食べてこなかった。

「ジー」

「し、仕方ないですね。そこまで頼むなら……あ、おいしい……」

ポテチの味に、表情をやわらげる№1。

その瞬間。

コンソメ丸が飛び上がり、大きく口を拡《ひろ》げ――炎を吐いてきた。

「!?」

慌てて飛びすさり、甲冑《かっちゅう》を脱ぎ捨てる。こんなもの着ていたら蒸し焼きになってしまう。

エメラルドグリーンの瞳が、殺意で満ちる。大鎌を構えながら、

「いい度胸ですね。いますぐ消滅させて……あれ？」

身体《からだ》が火照《ほて》って心地よい。それだけでなく、頭の中がスッキリしている。経験はないが
『サウナでととのう』とは、こういう事かもしれない。

№1は、コンソメ丸を掌《てのひら》に載せた。

「お前、私を癒《い》やしてくれたのですか？」

「ジー！」

「ふ、ふん。№269のペットにしては、なかなか見所《みどころ》がありますね」

そっぽを向くと、頰《ほお》を舐《な》められた。

「ちょ、くすぐったいですよ！　最強の死神たる私に、この無礼者！」

言葉とは裏腹に、口元はほころんでいる。美少女とペットの組み合わせ——可愛《かわい》いもの好きの生存フラグが見たら、卒倒《そっとう》しそうな光景である。

「し、仕方ないですね。気乗りはしないですが、特別に少しだけ遊んであげます」

「ジー！」

夢中で、ボール遊びなどをする。

するといつの間にか、一緒に寝てしまう。『監督』の演技をさせられ、疲れていたのだ。

「ふぁ……神様……」

コンソメ丸を抱きしめ、可愛らしい寝息《ねいき》を立てる。

「おやおや」

気になって見に来た神様は、室内の様子に優しく目を細めた。これほどリラックスしたNo.1を見るのは、いつぶりだろうか。

だが。

廊下を通りかかった死神たちは、ドン引きしていた。

「え、なんで神様、No.269の部屋を覗《のぞ》いて満面の笑み……？」

「マスターキー使ったの？　怖《こわ》!!」

客観的には、夜中に部下の部屋を覗いてニヤついているおじさんにしか見えなかった。

四話　シネコン二日目（『歴史もの』『サスペンス』『パニックもの』『スポーツ』）

ショッピングモールの朝

フラグちゃんは金色《こんじき》の瞳を開いた。うとうとしながら、あたりを見回す。

見慣れない場所である。ベッドが四台だけ並んだ寝具店《しんぐてん》。通路の窓からは、朝の明かりが差し込んでいる。

（ああ、そうだ。私たちは仮想世界に閉じこめられてるんだ）

「97、98……」

近くで、生存フラグが腕立てふせをしている。着ているのは、水色のモコモコしたパジャマだ。仮想世界でもトレーニングの習慣を崩さないのは、さすがである。

「おはようございます、生存フラグさん」

「うむ」

「そのパジャマ可愛いですね」

「た、たまたま手にとっただけじゃ」

『たまたま』にしては、きのう寝具店のバックヤードまで探していたが。

（あれ、いい匂いが）

鼻をスンスンさせて周囲を見る。

寝具店《しんぐてん》の隅で、エプロン姿の失恋フラグと恋愛フラグが、朝食の準備をしていた。

ホットサンドやスープは、カセットコンロで調理したものだろう。フルーツの盛り合わせ、サラダもある。

失恋フラグが、起きたばかりのフラグちゃんに気付き、鼻で笑った。

「ふん！　惰眠《だみん》をむさぼるなんて、モブくんの彼女候補失格ね！」

むしろ、怠惰《たいだ》なモブ男《お》にはふさわしい気もする。

失恋フラグは豊かな胸を張って、ドヤる。

「アタシなんか今日も新しいレシピに挑戦して、日々女子力アップに努めているわ！」

「むむむ」

フラグちゃんは唸《うな》った。失恋フラグの飽《あ》くなき向上心は、確かに見習わねばならない。

「わ、わかりました。私も」

「うん？」

「この仮想世界にいる間、調理当番になり、料理のスキルをアップします」

ガチャーン、と恋愛フラグが皿を割った。

いっぽう失恋フラグは、フラグちゃんのTシャツにすがりついてきて、

死亡

「や、やめて、お願い……アンタの料理が生み出すのは悲しみだけよ」

「兵器のような扱い……」

兵器なみの殺傷力《さつしょうりょく》なので仕方ない。

うつむくフラグちゃん。その肩に、生存フラグが手を置いて、

「気にするな。誰しも、向き不向きがある」

「あ、ありがとうございます。では何に向いているんでしょう」

「それはもちろん死神……いや、死神にもあまり向いておらんな……」

「はぅ」

生存フラグは、慰《なぐさ》める才能が全くなかった。

恋愛フラグが気をとりなおし、テーブルに料理を並べていく。家具も食器も、専門店から持ってきた豪華なものだ。

テンションを落としたフラグちゃんだが、おいしい朝食を食べると心がほぐれていく。

後片付けしたあと歯を磨いたり、身だしなみを調えたりした。

一番大変なのは失恋フラグだ。

「んしょ、んしょ」

上半身裸になり、胸にサラシを巻いている。巨乳がコンプレックスであるため、こうやって潰しているのである。

生存フラグが、銀髪に櫛《くし》を入れながら、

「それ、毎朝やっておるのか？」

「ええ。大きいと苦労するわよね……でも、昨日下着屋さんで見つけたナイトブラ、なかなかよかったわ。貴方《あなた》もつけてみたら？」

「ふむ、試してみよう」

胸セレブ二人の会話に、フラグちゃんは聞き耳を立てる。

（う、うらやましい……あっ）

壁のカレンダーに目をとめた。そういえば今日は『あの日』だ。

（あとで皆さんに提案《ていあん》してみましょうか）

それから四人はシネコンへ向かった。

ディスプレイに映るのは、ファントムマスクの『監督』。変声機《へんせいき》ごしの不気味な声で、

『今日もフラグ回収する姿を、私に見せて下さい。仮想世界を破壊されたくないならね』

昨日転んだ事など、なかった風に振る舞っている。

生存フラグが鼻を鳴らした。

「ふん、ガキは下《くだ》らん企《たくら》みなど捨てて、おままごとでもしていろ」

『わ、私はガキではありませんっ』

『監督』が、ムキになって言い返した。

生存フラグは嘲笑《ちょうしょう》し、手をひらひら振る。ドSなので実に楽しそうだ。

「それは失礼したな。ちっこいのが竹馬に乗っていたもので、ガキと勘違いした」

『ぐぬぬ~~~!』

『監督』が、風貌《ふうぼう》に似合わない呻《うめ》き声《ごえ》をあげる。

マントの中に手を突っ込み、USBメモリを見せてきた。

『あまり調子に乗ると、これを使いますよ』

「ちっ。わかったわかった」

生存フラグは舌打ちして、戈《ほこ》をおさめた。あのUSBには仮想世界を破壊するプログラムが入っているかもしれない。従うしかない。

『監督』は、つめたい声で、

『さあ早く、モブ男《お》のいる仮想世界へ行ってください』

『歴史もの』と書かれた試写室の、『上映中』のランプが点灯《てんとう》している。

その扉をフラグちゃん達《たち》はあけ、入っていく。

⚑天界

一方、天界の謁見《えっけん》の間。

№1は、ファントムマスクの下で怒りをこらえていた。

(天使№11のヤツ、馬鹿にして！　いずれ死神№269を壊す際は、一緒に始末して……)

肩に手を置かれる。

神様が、申し訳なさそうに、

「すまないね。私がふがいないばかりに『監督』のフリなんかさせて」

「い、いえ！　悪いのは神様でなく『監督』です」

神様は『監督』に脅《おど》され、従わされている。

その要求は三つ。

一、フラグちゃんたち四人を閉じこめ、仮想世界でフラグを何度も回収させること

二、『監督』の身代わりを立て、フラグちゃんたちに指示を出させること

三つ目は、物語が進めば明らかになるだろう。

『二』を果たすため、№1は不本意《ふほんい》ながらも『監督』のフリをしているのだ。

ただ、思わぬプラス面もあった。

(こんなに神様と過ごす時間が多いのは――私が創《つく》られた時以来かもしれない)

№1は、昔を思い出す。

はじめて目をあけると、茨《いばら》の冠をつけた美男子《びなんし》がいた。

「やぁ、初めまして！　生まれてきてくれて、ありがとう」

神様だ。当時は今より、ずっと若い見た目をしていた。

「君は最初の死神。名前は『№1』だ」

「あなたは？」

「神だよ。君の産みの親ってやつさ」

（この方が私の……お父さま）

神様は膝《ひざ》の上に№1を乗せ、優しく抱きしめてくれた。

「君の使命は、人の死を適切に管理すること。これから生まれてくる死神——妹たちの見本になるよう、優秀な死神になっておくれ」


優秀な死神。

それこそが№1の、生きる指針《ししん》となった。

だが死神として働き始めて、すぐに壁にぶつかった。

(……私は、どうしてこんなに小さいの)

あまりに見た目が愛らしく、死神として威厳《いげん》に欠ける。

だから甲冑《かっちゅう》をつけ、髑髏《どくろ》の仮面をかぶった。変声機《へんせいき》で不気味な声をつくり、竹馬で身長をごまかした。

結果、誰よりも多くの死亡フラグを回収してきた。

全ては『優秀な死神』になるために。

(そうすれば神様はもっと、私を愛して下さるはず)

だが皮肉なことに。

仕事に没頭《ぼっとう》するほど、神様と距離ができて――

いつのまにか神様は、死神№269の育成に熱をあげはじめた。

『彼女は、うまく成長すれば今までにない〝優しい死神〟になれると思うんだ』

なぜ、あの落ちこぼれに目をかける?

誰よりも努力し、結果を出してきた自分ではなく……!

(№269は許せません。そして神様を脅している『監督』も万死《ばんし》に値します)

でも。

神様と過ごす時間が増えたことだけは、感謝すべきかもしれない。

■映写室・四『歴史もの』魔女狩りに遭《あ》ったらどうなるのか？

時は十七世紀。ヨーロッパのとある国。

(俺の名はモブ男《お》。村はずれの掘《ほ》っ立《た》て小屋《ごや》に住む農民だ)

なんでも今、自分に『魔女』の疑いがかけられているらしい。そのために異端審問官《いたんしんもんかん》が、この小屋に向かっているとか。

(ふん、なにが魔女だ。俺は男だぞ？　すぐに容疑は晴れるに決まってる)


「立ちました！」

フラグちゃんが『死亡』の小旗を掲げて現れた。

「魔女狩りに遭うのは死亡フラグですよ！　魔女の疑いをかけられてヨーロッパでは六万人もの人々が殺され、人類史における汚点《おてん》といわれるほどの……」

「だから何かの間違いだって。男である俺が魔女なんて馬鹿なこと」

「魔女狩りでは『魔術を使った者すべて』を裁いていました。そこには当然男性も含まれます」

「ま、マジか……でも俺が魔女だなんて、えん罪だよ！」

フラグちゃんは気の毒そうに、モブ男のみすぼらしい服を見つめる。

「魔女として疑われた人の多くは、村で疎外《そがい》されていた人——貧しく、友人が少ない人だったらしいです。モブ男さんにはいずれも当てはまります」

「ゆ、友人はいないけど恋人はいるよ！　幼馴染《おさななじみ》のモブ美《み》が」

「そ、そうですか。失礼しました」

「まあモテ男に寝取《おねと》られたから、あいつへの呪いをしまくったけど」

「黒魔術、やってるじゃないですか！」

えん罪ではなかった。

詳しく聞いたところ、モブ男は酒場で小耳《こみみ》に挟《はさ》んだ黒魔術を実践してしまったらしい。

全身をガクガク震わせて、

「もしも魔女として捕まったら、どんな目にあわされるの？」

「拷問ですね」

フラグちゃんは机に紙を置き、絵を書いて説明する。

「足を万力《まんりき》で粉砕《ふんさい》される、肉をペンチでちぎられる、熱した鉄の靴を履《は》かせられる……」

かわいらしい絵柄《えがら》と、内容とのギャップがえぐい。

モブ男《お》は顔面蒼白《そうはく》になりながら、

「な、何かアドバイスはない？」

「そうですね……」

フラグちゃんは口元にペン先を当てて、少し考えたあと、

「『泳ぐ魔女』という拷問では、手足を縛られて池に放り込まれます。でも浮かび上がってはいけません」

「どうして？」

「浮かび上がったら『お前は魔女だ』と断定《だんてい》され、殺されてしまいます」

「わかった、沈んだままでいるよ………って、死ぬじゃん！」

理不尽極《きわ》まりないが、魔女狩りとはこういうものだったのだ。

その時。

乱暴に扉があいて、法衣《ほうい》姿の男が入ってきた。背後には、武装した騎士達《たち》を従えている。

「異端審問官《いたんしんもんかん》だ！　この小屋に魔女がいるという報告が……」

「ひぃぃいいいい！」

モブ男が、無駄にベッドの下に隠れようとしたとき。

異端審問官は、フラグちゃんを見て大声をあげた。

「な——なんだ貴様は！」

「え、私⁉」

「なんという背教的《はいきょう》な格好！　髑髏《どくろ》のついた大鎌、髑髏の髪飾り、『死亡』などと書かれた漆黒《しっこく》の服……さては、貴様が魔女だな⁉」

勘違いしているようだ。

「いえ、私は魔女ではありません」

「ふん、いくら言い訳しても無駄だ。拷問で自白させて……」

「私は死神です」

「どういう言い訳⁉」

異端審問官が目をむく。

そして、騎士達に命じた。

「ええい、こいつを引っ立てろ！　じっくり痛めつけて吐かせてやる！」

フラグちゃんは騎士達に両手を掴《つか》まれた。身長差がかなりあるので、有名な写真『捕まった宇宙人』のようである。

モブ男はベッドの下から顔を出し、恐怖に裏返《うらがえ》った声で、

「お、おまえらぁ！　その子を放《はな》……」

「そこの、モブ顔のお兄さん」

フラグちゃんは『モブ男《お》』と呼ばなかった。

（ここで私を庇《かば》えば、モブ男さんも捕まっちゃう。それは死亡フラグである私にとって、有利な展開だけど）

魔女狩りの拷問は苛烈《かれつ》を極める。モブ男のそんな姿を見るのは、辛《つら》すぎる。

（また彼を助けてしまう。やっぱり私は、ダメな死神だなあ……）

自嘲《じちょう》しながら、モブ男を見下ろす。

「あーあ、あなたの命を奪いにきたのに、残念残念」

「えっ」

「でもまあ大丈夫です」

彼に言い聞かせるため、ことさら大きな声で、

「私は死神ですから、何をされようが平気ですし」

「ええい、世迷言《よまいごと》を！　たっぷりとその体に聞いてやる！」

異端審問官《いたんしんもんかん》に、フラグちゃんは引っ立てられていった。

その小さな背中を、モブ男は呆然《ぼうぜん》とみつめた。

⚑尋問《じんもん》

フラグちゃんは、石造りの立派な建物に連れてこられた。

魔女を取り調べる施設である。

よどんだ空気の中、たくさんの拷問器具が並んでいる。トゲがびっしり生えた椅子、天《てん》井《じょう》から吊《つ》すための鎖……その他の道具にも血がこびりついていて、見るからに恐ろしい。

異端審問官が尋問をはじめた。

「魔女よ……貴様は、神をどう思う？」

フラグちゃんは、天界にいる神様を思い浮かべた。

「お優しく寛大《かんだい》で、とても尊敬すべき御方《おかた》です」

「ほう、貴様のような魔女でも、少しは信仰心があるとみえるな」

「口が臭いのが玉《たま》に瑕《きず》ですが」

「口が臭い⁉　貴様、神を冒涜《ぼうとく》するか！」

事実なので仕方ない。

フラグちゃんは、己《おのれ》の『死亡』Tシャツを見下ろし、

「この服も、神様にデザインしていただいたんですよ」

「またしても世迷言を！　全知全能《ぜんちぜんのう》たる神が、そんなクソダサ服をデザインするわけがなかろう！」

（あなたの方が冒涜《ぼうとく》してますよ）

それからフラグちゃんは、怒り狂った異端審問官《いたんしんもんかん》に拷問を受けた。

だが死神なので、完全ノーダメージであった。異端審問官は驚愕《きょうがく》した。

「こ、こんなバカな！」

「だから言ったじゃないですか。死神だって」

「こうなったら、別のアプローチで拷問してやる」

異端審問官は――なんと、法衣《ほうい》を脱いで下着姿になった。醜《みにく》く太った身体《からだ》を揺《ゆ》らして、にじりよってくる。

フラグちゃんは、ぞっとした。

（き、聞いたことがあります。魔女狩りでは、審問官が『拷問』と称《しょう》し、女性に卑猥《ひわい》な行為をすることもあったって）

脳裏《のうり》に、モブ男《お》の顔が浮かぶ。

思いを寄せる彼ではなく、こんなおじさんにそんな事されるなんて……！

己の体を両手で抱きしめた。

「ま、まさか私の体を！」

「……え？　いや、違う違う。暑いから脱いだだけだ。お前みたいな絶壁《ぜっぺき》娘に興味はない」

「……」

フラグちゃんは、しっかりめの殺意を覚えた。

（……まあでも、魔女狩りはとても有名な死亡フラグ。その被害者の気持ちを味わうのも、死神として悪くないかも）

フラグちゃんは勉強熱心であった。

いっぽう異端審問官は、何かを思いついたようだ。いやらしい笑みで、

「決めたぞ。お前は衆人環視《しゅうじんかんし》の中、火あぶりにしてやる。処刑前に聖水もかけるから、いくら魔女たるキサマでもただではすまんだろう」

「よろしくお願いします」

「どういう感情!?」

■火刑

一週間後、フラグちゃんの『処刑』の日がやってきた。

広場には沢山の人々が集まり、軽食や菓子の屋台すら出ている。この時代の処刑は、市民の数少ない娯楽でもあったのだ。

広場中央には火刑台が設置されていた。丸太が垂直に立てられ、その下に薪《まき》が積み重ね

られている。

（フ、フラグちゃん……あそこで焼かれるのか）

モブ男《お》も広場にいた。フラグちゃんの処刑が行われると聞き、いてもたってもいられなくなったのだ。死神は何をされても大丈夫なはずだが、さすがに心配である。

ふと、大歓声があがった。

フラグちゃんが両手を縄で縛られ、騎士達《たち》に引っ張られてきたのだ。

その顔色は悪く、生気《せいき》が全く感じられない。

（い、いったい何をされたんだ！）

胸がしめつけられるモブ男。

いっぽうフラグちゃんは、こう考えていた。

（投獄されてから一週間……そろそろ○ーゲンダッツとか、甘い物が食べたい……）

獄中《ごくちゅう》の、粗末な食事に飽き飽きしていたのだ。

フラグちゃんは火刑台に到着。異端審問官《いたんしんもんかん》がニヤニヤ笑って、

「魔女よ。いまどんな気持ちだ？」

「広場の屋台のお菓子すべて、食べ尽くしたい気持ちです」

「図太《ずぶと》すぎんか⁉」

その全く動じない姿を。

不快に思ったか、群衆が物を投げ始めた。

「魔女！　怖がんなきゃ面白くねーぞ！」「早く火あぶりにしろ！」

フラグちゃんに小石が当たった。ゴミなども投げられる。

「――！」

モブ男の身体《からだ》が勝手に動いた。

フラグちゃんの前で両手を広げ、言い放つ。

「やめろ、フラグちゃんをいじめるな！」

(モ、モブ男さん)

かばってくれた喜び――そして恐怖を覚えるフラグちゃん。このままでは、魔女の仲間として処刑されてしまう。

それを避けるため、こう叫んだ。

「誰だか知りませんが、よけいな事をしないでくださいっ！」

「う、うるさいな」

モブ男の顔は投石でボコボコになり、生ゴミまみれになっている。

半泣きになりながらも、言い放った。

「フラグちゃんが傷つくのを、黙って見過ごせるか！」

「！」

別に傷ついてはいないのだが——その言葉は、フラグちゃんの心を大きく揺《ゆ》らした。

「立ったぞ？」

生存フラグが、翼をはためかせて舞い降りてきた。

「身をもって女性をかばうのは、生存フラグじゃ」

異端審問官《いたんしんもんかん》が目を見ひらいて、

「て、天使⁉ なんと美しい。きっと神が、敬虔《けいけん》なる私に遣《つか》わされたに違いなごべぇっ⁉」

生存フラグが股間を蹴り上げる。

「よくもわしの友人……けふん。同僚《どうりょう》を拷問にかけてくれたな」

続く前蹴《まえげ》りで、異端審問官を吹っ飛ばし——広場の向こうの教会の壁に大穴を開けた。

生ゴミまみれのモブ男《お》を見つめ、

「よく死亡フラグをかばったな。ほめてやる」

「生存フラグさ〜ん、怖かったよ〜」

「うわっ、汚いから近づくな！ 行くぞ死亡フラグ」

「は、はい」

フラグちゃんはモブ男と目が合うと、弾《はじ》かれたように目をそらす。

そして生存フラグと消えてしまった。

（フラグちゃん、真っ赤になってどうしたんだろ……ん？）

モブ男は、広場の雰囲気の変化に気づいた。

市民たちは先ほど、ゴミすら投げてきたのに……今は皆、モブ男へひざまずいている。

「え、なに!?」

市民の一人が言う。

「あなたは天使に救われ、会話もされていました。モブ男様こそ、この世界に遣わされた救世主《メシア》に違いありません」

「へ？」

どうやらモブ男を、神の使いと勘違いしているようだ。

（そうだ、これを利用すれば……）

ゲスな企《たくら》みが溢《あふ》れてくる。

モブ男は胸をそらして叫んだ。

「そう。俺こそ救世主。俺の言う通りにしていれば天国への道は約束される」

「おお、モブ男様！」

「まずこの街の美人を、一人残らず俺のもとへ差し出しなさい！」

「ははぁー！」

そしてモブ男《お》は、この街でやりたい放題ふるまった。

結果、国の中央から異端審問官《いたんしんもんかん》を派遣され、命からがら海外へ逃亡したのであった。

■シネコン

フラグちゃんと生存フラグは、シネコンへ戻った。

「……」

フラグちゃんは顔を赤くし、ぼんやりとしている。先ほどのモブ男の姿が、脳裏《のうり》に焼き付いていた。

『フラグちゃんをいじめるな!』

死をも恐れず……いや、ビビりまくっていたけれど、それでもモブ男は自分をかばってくれた。

そして、決意を新たにする。

(なんとしても『監督』の企《たくら》みを阻止しなきゃ。仮想世界を破壊させて、モブ男さんを失うわけにはいかないもの……）

「むきー！　なにウットリしてるのよ！」

失恋フラグが歯ぎしりして、天を仰いでいる。

ディスプレイをにらみ、神様に言い放った。

「神様！　次はアタシにも出番があるようにしてください！」

『わ、わかったわかった』

神様は慌てて、仮想世界の設定をはじめた。

『上映中』のランプが灯《とも》ったのは『サスペンス』の映写室。

「待っててね、モブくーん！」

勢いよく失恋フラグは扉をあけた。

■映写室・五『サスペンス』　顔が認識できなくなったらどうなるのか？

病院の個室で、モブ男は目をさました。

「俺の名はモブ男。転んで頭を打ったので、救急車で病院に運ばれたらしい」

「立ちました！」

『死亡』の小旗を振り、フラグちゃんが現れた。かばってもらった余韻《よいん》を引きずっている
のか、少し顔が赤い。

「あ、その声はフラグちゃんかな？」

「頭を打つのは脳挫傷《のうざしょう》など様々なリスク……って、『その声は』ってどういうことですか？

まさか目が見えないとか？」

「いや、見えるよ」

モブ男《お》はフラグちゃんの方を見て、

「あたりの様子はわかるけど、君の顔だけが見えない。これはいったい何だ？」

「もしかして……」

フラグちゃんはベッド脇の手鏡をとり、モブ男に向けてきた。

(!?)

モブ男は驚いた。鏡に映っているはずの自分の顔が、認識できないのだ。

「ど、どういうこと？」

「やっぱり」

フラグちゃんはうなずき、

「あなたは『相貌失認《そうぼうしつにん》』になったのかもしれません」

「なにそれ？　初めて聞いた」

「『人の顔を認識できなくなる』症状です。他人はもちろん、親や友人、恋人、自分自身の顔ですら、見分けがつかなくなってしまうのです」

「そ、そんな！」

モブ男はシーツを握りしめた。涙がぼろぼろと流れる。

「落ち込まないでください」

「俺のイケメンフェイスが、もう二度と見られないなんて……」

安い涙だなあ、とフラグちゃんは思った。

モブ男は腕で目元をぬぐい、

「でも顔が認識できないだけで、ほかには影響ないんだろ？」

「まあ、そうですね。相貌失認の割合は意外と多く、全人口の二％ほどと言われています。その多くの人が普通に生活していますから――もちろん、症状の重さ軽さはありますが」

モブ男の症状は、かなり重いようだ。

余談《よだん》だが、あのブラッド・ピ○トも相貌失認だという。

「だったら、こうしちゃいられない。これからモブ美《み》とデートの約束があるんだ」

「延期してもらった方が」

「いや、今日こそエッチな事が出来るかもしれない。チャンスを逃してたまるか」

性欲に突き動かされたモブ男《お》は、着替えて病院を出た。フラグちゃんもついていく。

待ち合わせ場所の駅前へ向かう。そこには沢山の男女が立っていた。

モブ男は焦《あせ》る。

(だ、誰がモブ美《み》かわからないぞ!)

どの女性の顔も、認識できない。まるでそこだけに、霧《きり》がかかっているかのようだ。

フラグちゃんが見上げてきて、

「これが相貌失認《そうぼうしつにん》の恐ろしいところです。知り合いですら、見つけることができないでしょう?」

「いや、大丈夫だ。モブ美のようなGカップはめったにいない。こうして女性の胸をジロジロ見れば、判別《はんべつ》可能だ」

「傍《はた》から見ると最悪ですね……」

モブ男が職質《しょくしつ》ものの行為をしていると、背後から肩をたたかれた。

振り返る。顔は認識できないが、Gカップほどの女性がいた。

「おぉハニー! 待たせてごめんね。お詫《わ》びに熱いキスをするよ。ん~~~」

「いやあぁああ変態!!」

全く知らない声。どうやらモブ美ではなく、モブ男が落としたスマホを拾ってくれただけのようだ。

　そこへ、モブ美の怒声《どせい》。

「ちょっとモブ男！　デートの待ち合わせ場所に来て他の女襲うなんて、あんたイカれてんの!?」

「ち、違うんだよハニー」

　モブ男は必死に弁解《べんかい》する。

「ほかの子と、ハニーの顔の見分けがつかなくて」

「あたしの顔が、モブ顔だっていうの!?」

　そうとられても仕方ない。

　怒り心頭《しんとう》のモブ美は、人混《ひとご》みの中へ消えていく。

　モブ男は慌てて、モブ美らしき巨乳の女性にすがりついた。

「モブ美、待ってくれ！」

「だからそれ、違う女よ!!」

　モブ美がモブ男のケツを蹴り上げた。

　それからモブ男は、モブ美に『相貌失認になった』ことをＬＡＮＥ《レーン》で伝えた。だが返信はない。フラれてしまったらしい。

人の顔が認識できないことは、私生活だけでなく仕事面にも支障をきたした。

モブ男《お》は探偵事務所でバイトをしていた。主な仕事は浮気調査である。

彼は依頼者である中年マダムの家へ赴《おもむ》き、調査結果を報告した。

「奥様、俺は張り込みの末、旦那さんの浮気の証拠を掴《つか》みました。ホテルから出てくる時の写真です」

「どんな尻軽女《しりがる》ですか」

「それはもう、服のセンスが最悪な女です」

モブ男が証拠写真を差し出すと、マダムは叫んだ。

「いやこれ、私ですわ⁉ 先日夫とホテル行ったときのものですわ」

「し、失礼しました。実は若い女との浮気写真もあるんです。見るからに軽そうな女です。この写真をご覧下さい」

「これは娘です！」

そんなこんなで、モブ男はバイトをクビになった。

(はぁ。モブ美《み》にもフラれるし、散々《さんざん》だなあ)

肩を落としてアパートへ帰ると、ドアの前に人影が。

例によって顔はわからないが、長い黒髪で、身長は百六十センチ近く。かなりの巨乳だ。

もしかして……

「モ、モブ美か？」

「モブ男……」

モブ美の声だ。細かい仕草《しぐさ》やクセも、間違いなく彼女のもの。

「私、間違ってたわ。恋人として、見る世界が一変《いっぺん》してしまったアンタを支えるべきだったのに――これからは、私がずっとそばにいるわ」

「ありがとうモブ美！」

二人は、強く抱き合った。

（う、うへへへへへへへ）

モブ美――否《いな》、失恋フラグは、表情をデレッデレに崩した。

⚑

――少し時間はさかのぼる。

『モブ男が相貌失認《そうぼうしつにん》になった』という情報を知った失恋フラグは、恋愛フラグに質問した。

「ねえれんれん、声を自在に変えられる天界アイテムない？　名探偵コ〇ン君の、蝶《ちょう》ネクタイ型ボイスチェンジャーみたいな」

「あるにはあるけど……なんに使うの？」

「いまモブくんは、人の顔が認識できないでしょ？　声を変えて、モブ美《み》ちゃんになりすますの」

（なにそれ、面白そう）

紅《あか》い瞳を輝かせる恋愛フラグ。

手をかざすと、マウスピースが現れた。

「これは『好きな声出せマウスピース』。つけると、どんな声でも自在に出せるんだ。このリモコンで、声を調整すればね」

「ありがとれんれん！　だ～～～い好き！」

抱きつこうとする失恋フラグを、恋愛フラグはかわした。

ぴえん、と失恋フラグは涙目になりつつ『好きな声出せマウスピース』を口につける。

リモコンを手に取り、

「ええと、モブ美ちゃんの声は——いや待てよ」

モブ男《お》の声に調整して、

「『失恋フラグちゃん愛してる。結婚しよう』……ほあああ」

「やると思った……でも相貌失認《そうぼうしつにん》の人って、顔で判断できない分、ほかの特徴で相手が誰か判断するらしいよ。体つき、服装、しぐさ……声だけマネしても、すぐにバレる」

「大丈夫。服装やしぐさは、モブ美ちゃんの動画を撮って真似《まね》するわ。髪も黒いウィッグをつける。身長差を補《おぎな》うため、身長アップができる靴下をはく」

「ふうん」

「胸は……アタシよりモブ美ちゃんの方が、少し大きいのよね」

失恋フラグは、恋愛フラグを見つめて
「れんれん、胸の盛《も》り方教えてくれる？」

「……………いま、なんつった？」

「ぴえん！」

地雷を思いっきり踏み抜いた失恋フラグは、涙目になった。

■新生活

そしてモブ美――に変装した失恋フラグと、モブ男の同棲《どうせい》が始まった。

さっそく手料理を振る舞う。ハンバーグ、シチュー、アボカドとトマトのサラダだ。

「モブく……モブ男、おいしい？」

「ああ、最高だよ」

モブ男はにっこり笑って、

「こんな飯が作れる子が彼女なんて、俺は幸せだなあ」

（と、飛びそう）

モブ男のため、頑張《おお》って料理を練習した甲斐《かい》があった。

「私も幸せよ」

「うん。こんな暮らしがいつまでも続けばいいのにな――あっ」

モブ男は口を押さえ、周囲を見た。

失恋フラグは首をかしげる。

「モブ男、どうしたの？」

「いや、今の言葉は失恋フラグだと思ったから……あれ、失恋フラグちゃんが現れないな」

自分の名が出て、失恋フラグはドキっとした。

上目遣《うわめづか》いで、おそるおそる尋《たず》ねる。

「失恋フラグって、アンタの知りあい？　モブ男はその子を――どう思ってる？」

「ストーカーと思ってる」

（ぴえん！）

バッサリ言われ、失恋フラグは涙目になった。

「失恋フラグちゃんって、俺のアパートにカメラ仕掛《しか》けたり、ベッドの下に潜《ひそ》んでたりするんだ。今もどこかにいるかもね、ははは」

まさか目の前にいるとは思うまい。

(モブくん、アタシのアプローチ迷惑なのかな)

失恋フラグがうつむくと、モブ男は苦笑して、

「でも、なんだか憎めない子なんだよね」

「！」

「いつも一生懸命で前向きで、そこは素敵だと思うよ」

「!!」

喜びのあまり、テーブルをばんばん叩《たた》く。

「ど、どうしたのハニー？」

「え、ええと……モブ男がほかの女を褒めるから、つい嫉妬《しっと》してしまったの」

「そうだったのか」

モブ男がテーブルをまわりこみ、肩を抱いてきた。

「ごめんよハニー。モブ美《み》以外にはもう、興味を示さないよ」

『モブ美以外』を抱きながら誓うモブ男。ほとんどサイコホラーである。

⚑

翌日。

朝食のあと、モブ男《お》は玄関でサンダルを履《は》きながら、

「パチンコ行ってくるよ。そのうちバイト探しもするからさ」

「ええ、充電期間も必要ですものね」

バイトで充電もクソもないと思うが、失恋フラグはモブ男にとことん甘い。

ポケットから財布を取り、まるごと渡す。

「二十万円入ってるわ」

「やったー！　愛してるよ！」

(きゃー！)

失恋フラグは幸せいっぱいの笑顔で、モブ男を送り出した。

「完全に、ヒモに貢《みつ》ぐダメ女じゃな……」


生存フラグが、顔を思い切りしかめて現れた。隣にはフラグちゃんもいる。

「ア、アンタたち」

後ずさる失恋フラグ。

フラグちゃんが、おずおずと言う。

「失恋フラグさんは……満足なんですか？　そんな手段で、モブ男さんに『好き』と言ってもらって」

全身が熱くなった。

目をそらし、震える声で、

「だって、これしか方法がないんですもの」

「そんな事ありません！　失恋フラグさんは、モブ男さんに好きになってもらうため、いつも頑張っていたじゃないですか」

料理、裁縫《さいほう》……モブ男に惚《ほ》れてから、ずっと色んな努力をしてきた。

フラグちゃんは懸命に、気持ちをぶつけてくる。

「それはこんな風に、好きな人を騙《だま》すためだったんですか？」

「！」

いつも、いがみ合ってばかりいる恋敵《こいがたき》。

だからこそ一段と、その言葉は失恋フラグに刺さった。

「……わかった。もうモブ美《み》ちゃんのフリはやめる」

「失恋フラグさん！」

「ライバルであるアンタに、顔向《かおむ》けできないのはイヤですもの」

フラグちゃんが笑顔で、手をとってきた。生存フラグが「うむうむ」と満足げにうなずいている。

それから少しして。

部屋の外から足音が聞こえる。モブ男が帰《お》ってきたらしい。

フラグちゃんと生存フラグは、家具の陰に隠れた。真実は、失恋フラグの口から告げるべきだろう。

玄関が開き、モブ男が飛び込んでくる。

「やった、パチンコ大勝ちした！」

「そ、そうなの？　ところで、言わなきゃいけないことが……」

「君は勝利の女神だ。愛してるよモブ美《み》！」

モブ男に抱きしめられる。

（ふぁ――――――！）

決意は跡形《あとかた》もなく消えた。

『ライバルに顔向けできない』――それがなんだというのか。モブ男との愛は全てに優先する。

「ええ、私も愛してるわモブ男。うへ、うぇへへへへへ」

「もうダメじゃこいつ」

生存フラグが天を仰いだ。

それからも失恋フラグは、モブ美として過ごした。

失恋フラグは愛する人と生活でき、モブ男は念願のニートになった。Win-Win《ウインウイン》かもしれない。

モブ男の幸運はさらに続いた。たまたま買った宝くじで、一等十二億円に当選したのである。

「うはははは、俺は大金持ちなんだぜ！　シャンパンもっと持って来い！」

夜の街で豪遊し、当選を自慢しまくる。そのあとはタクシーで、失恋フラグが待つタワーマンションの入口へ到着。

そこへ、人影が近づいてきた。

「モブ男……」

「え、その声、そのしぐさ……モブ美？」

部屋から、迎えに出てきてくれたのだろうか。

だがモブ美は、よくわからないことを言う。

「ごめんなさい。あたし間違ってたわ。あんたが相貌失認《そうぼうしつにん》とかいう症状になったのに、傍《そば》にいてあげられなくて」

「ど、どういうこと？　ずっと一緒にいてくれたじゃないか」

「は？」

二人とも、キョトンとする。

丁度そのとき、失恋フラグがタワーマンションの入口から出てきた。

「ちょっとアンタ、モブ美《み》はアタシよ！」

「え、あんた誰……って、怖《こわ》!!」

モブ美は、顔以外を己《おのれ》に似せた失恋フラグにドン引きした。

「モ、モブ美が二人!?」

モブ男《お》は何度も二人を見比べた。だが彼からは、全く同じに見える。

だが。

モブ男はモブ美を見つめて、

「君が『本物』のモブ美だね」

失恋フラグが「そんな……！」と、膝《ひざ》から崩れ落ちる。

モブ美は勝ち誇った。

「でしょう！　さぁ、これからは私と……」

「でも」

モブ男は掌《てのひら》を向け、言葉をさえぎった。

うずくまる失恋フラグの肩を抱き、

「この子は、辛《つら》い時も貧しい時も、俺をずっと支え続けてくれたんだ。たとえ偽物《にせもの》であっても、俺はこの子を選ぶよ」

（モブくん……！）

失恋フラグは涙ぐんだ。心が幸せでいっぱいになる。

（あぁ、ついに気持ちが通じ合ったんだわ。これからはモブ美ではなく、失恋フラグとしてモブくんと――）

その時。

「私がモブ美よ！」

全く知らない女性が現れた。

モブ美とは似ても似つかない容姿。胸は……なんというか、大玉《おおだま》のスイカを二つつけたような、とんでもない爆乳《ばくにゅう》である。

失恋フラグやモブ美さえも、圧倒的に上まわるサイズだ。

それをモブ男は、血走《ちばし》った目でガン見し、

「君が、モブ美だったのか……」

「えええぇ!?」

失恋フラグは悲鳴をあげた。

モブ男《お》にとって巨乳は、ほとんどのことに優先するのだ。ポッと出《で》の女と手をとりあい、タワーマンションに消えていく。

「どうしてこうなるのよ、ぴえ〰〰ん!!」

それからモブ男は、偽《にせ》モブ美《み》Bに財産を搾《しぼ》り取られて破滅した。

■シネコン

失恋フラグはシネコンへと戻った。しおれた花のように、うなだれている。

生存フラグが顔をしかめて、

「今の仮想世界、もれなく全員クズじゃったな……」

「う、うるさいわねっ」

力なく反論する失恋フラグ。

フラグちゃんがジト目を向けて、

「お疲れ様でした、偽モブ美Aさん」

「誰がよ!!」

黒髪のカツラをたたきつける、失恋フラグ。

ベンチに座る恋愛フラグは、お腹《なか》を抱えて笑っている。

「いやぁ。ボクの予想通り、面白くなったね～」

『その通り。失恋フラグさん、たいへん素晴らしいご活躍でした』

そう讃《たた》えたのは、ディスプレイに映る『監督』だ。

失恋フラグは唇をとがらせて、

「ふんだ。皮肉は結構よ」

『とんでもない。先ほどのあなたの行動は、賞賛《しょうさん》に値《あたい》します。大いに参考にさせていただきます』

参考――またもその言葉が出てきた。

失恋フラグの行動が、なぜか随分《ずいぶん》と気にいったようだ。

（どういう事でしょう）

疑問に思うフラグちゃんをよそに、ファントムマスクの人物は言った。

「さて、次の映写室は『パニックもの』です。貴方《あなた》たちがどう動くか、もっともっと見せてください」

⚑映写室・六『パニックもの』史上最強クラスの死亡フラグに襲われたらどうなるのか？

モブ男《お》が車を運転し、山道を走っている。

「俺の名はモブ男。商店街の福引きで高級旅館の宿泊券が当たったので、旅行中だ」

その街には鉄道が通っていないため、レンタカーを借りるしかなかった。少し運転に疲れたので、山道の脇にある駐車場に駐《と》める。

自販機でペットボトルのコーラを買って、喉を潤《うるお》す。

ここからは、目的地の街を見下ろすことができた。盆地の底に青く美しい湖があり、その周《まわ》りに宿泊施設が建ち並んでいる。

「あそこか、楽しみだなあ……うわっ⁉」

地面が揺《ゆ》れた。

車のラジオをつけてみると、この辺り一帯に震度五ほどの地震があったらしい。何か、爆発音のようなものも聞こえた。

(俺が行く旅館とか大丈夫かな？　まあここに居ても仕方ないし、行ってみるか)

再び車を走らせる。

そこに、とてつもなく巨大な怪物が待ち構えているとも知らず。

▶

モブ男はホテルなどが並ぶ、市街地にたどりついた。

下り坂を進んでいき、赤信号で停車。周囲を見回す。

「俺が泊まる旅館、この辺のはずなんだけど…………ええっ⁉」

道端に、何十人もの人が倒れている。

みな目を見ひらいており、明らかに死んでいた。人だけでなく犬や鳥も……いったい何が起こったのであろう。

「ぎゃあ!」

また悲鳴をあげる。更なる異様な光景を見たからだ。

下り坂の先にある湖……さきほど見たときは青かったのに、今は真っ赤に染まっている。

「あ、あれは血か⁉ この街に何が起こってるんだ⁉」

「立ちました……」

助手席にフラグちゃんが現れ、『死亡』の小旗を掲げた。

「不吉な現象は、死亡フラグです」

「フラグって言うか、すでにバタバタ人が死んでるよ！　一体これはなんなの⁉」

「危険度最強クラスの『見えない怪物』によるものです」

血の気《け》が引いた。なんだかわからないが、一刻も早くこの街から脱出しなければ。

Uターンしようと、車のアクセルを踏む。

だがなんと、エンジンがとつぜん停止してしまった。何度キーをひねっても、動かない。

「それも怪物の仕業《しわざ》ですね」

「どんな能力⁉　――こうなったら、歩いてでも逃げないと……」

モブ男《お》がドアロックに手をかけたとき。

その背中に、フラグちゃんは反射的にすがりついた。

「車から出たら死にますよ！」

「フ、フラグちゃん？」

「あぁ私、またモブ男さんを助けようと……」

フラグちゃんは唇を噛《か》みしめる。

そして、苦いものを吐き出すように、

「今この町には、高濃度の二酸化炭素が充満しています」

「二酸化炭素!?」

それこそが、怪物の正体。

モブ男はフラグちゃんと向き合い、説明を聞く。

「二酸化炭素は知ってますよね？　空気中に僅《わず》かに存在する、ありふれた気体ですが——その濃度が３％を越えると危険です。頭痛、めまい、吐き気……７％を越えると意識を失い、死に至ります」

「でもなんで、この事件が二酸化炭素のせいだって断言できるの？　そもそも、その二酸化炭素はどこから来たの？」

フラグちゃんは人差し指を、赤く染まった湖に向けた。

「さっきまで、あの水は青かったんですよね？」

「うん」

「おそらくは、あの湖の底から二酸化炭素が噴出《ふんしゅつ》しているのでしょう。それは長い年月をかけて、湖水《こすい》の深い層に溶け込んでいました」

フラグちゃんは、モブ男の飲みかけのペットボトルを取り、振った。中のコーラが激しく泡立つ。

「そんな状態の湖に何《なん》らかの力が加わると、このコーラのように、二酸化炭素が勢いよく噴《ふ》き出《だ》そうとします」

「あ、そういえば地震があった……」

フラグちゃんは頷《うなず》く。

「地震で湖水《こすい》の二酸化炭素が大きく揺《ゆ》らぎ、空気中へ爆発的に噴出《ふんしゅつ》。結果、あたり一帯の生き物を死にいたらしめたのです。湖が青から赤になったのは、湖水に含まれる鉄分が酸化したためです」

カメルーンのニオス湖では、これと似た現象で約千八百人も亡くなっている。

「じゃ、じゃあ、なんで俺は無事なの？」

「車の窓を閉じていたからでしょう。でも完全には密閉《みっぺい》されていませんから、この中も少しずつ、二酸化炭素濃度が上がっていきます」

「ここにいては、死を待つのみってことか……」

モブ男《お》は腕組みして、

「じゃあどうすればいいの？」

フラグちゃんは車の背後——坂の上を指さした。

「高い所に逃げることでしょうね。二酸化炭素は酸素より重いですから」

「じゃあ今すぐ——あ、でも車が動かないんだった。どうして？」

「エンジンは、気化《きか》させたガソリンを酸素と混ぜて燃焼《ねんしょう》させます。今は酸素濃度がかなり低くなっているから、点火できないのでしょう」

となると、車は動かない。車内にいてもいずれ死ぬ。外は二酸化炭素だらけ。

「詰《つ》んだじゃん!!」

「そうなんですよね……」

救助要請《ようせい》のためスマホで消防署に電話したが、まったく繋《つな》がらない。こんな災害だ。どこも大混乱なのだろう。

「くそっ。俺はまだ、おっぱいも揉《も》んだことがないんだ。死ぬわけにはいかない！」

モブ男は突破口を探すべく、車外《しゃがい》を観察。

「あっ」

大きく息を吸い、呼吸を止め……

ドアを開けて飛び出した。

「ちょ――!?　自殺行為ですよ!?」

フラグちゃんの悲鳴を背中で聞きながら、モブ男は道端へ。そこにはママチャリが倒れていた。近くでは持ち主が事切《ことき》れている。

「まさか、それに乗って逃げるつもりですか？」

（いや）

モブ男は前輪のバルブをひねって取り、そこに口をつけた。

「あ、そうか。自転車のチューブには空気が入ってる！」

これなら、二酸化炭素を大量に吸わずに済む。

モブ男《お》はそのままママチャリごと持ち上げ、坂を上り始めた。

フラグちゃんが脇を歩きながら、

「さすがモブ男さん、害虫並《な》みのしぶとさです」

（褒めるならちゃんと褒めて）

心中《しんちゅう》で突っ込みながらも、モブ男は進む。

ママチャリの重量は二十キロほどもあり、かなりの重労働だ。

前輪の空気がなくなってきたため、後輪に切り替える。それを吸う間に必死で道端の自転車を探し、取り替える。

（こ、この方法ダメかもしれない！）

体力的にもたないし、何度も運良く自転車を拾えるとも思えない。

坂を見上げれば、人や野良猫がぽつぽつと死んでいた。まだまだ安全なエリアは遠いようだ。

（あっ）

ガソリンスタンドの入口に、二メートルほどもあるビニール製のキャラクター人形を見つけた。あれならチューブより、沢山の空気が入っているだろう。

モブ男は自転車を捨て、息を止める。

ビニール人形を手に取り、そして……

（使わせてもらうよ！）

道端の自動車の運転席へ飛び込む。近くには持ち主らしき人の遺体。周囲の異常な様子を確認しようと、車から降りてしまったのだろう。

フラグちゃんも後部座席に入って、

「モブ男さん！　だから自動車は動かせないんですよ」

（大丈夫）

ハンドル脇のスイッチを押すと、車の駆動音《くどうおん》がした。アクセルを踏むと前に進む。

「え、どうして……あっ！」

（そう、これは電気自動車なんだ）

電気自動車はスマホと同じく、バッテリーで動く。ガソリン車とは根本的に構造が違うため、この状況でも使えるのだ。

「でもモブ男さん、この車のドア、開きっぱなしでしたよ。車内の二酸化炭素濃度は、外と変わらないです」

（大丈夫。こうすればいい！）

モブ男は助手席に押し込んだ、巨大ビニール人形の空気弁《べん》を外す。

これだけ大きい人形なら、車内に空気を満たせるだろう。

（す、すごいモブ男《お》さん）

フラグちゃんは心の底から感心した。

このまま高所まで逃げれば、生き残れる。あれほど絶体絶命《ぜったいぜつめい》の状況から……


「ははは、俺天才！」


突然、ドナル〇ダックのような甲高《かんだか》い声になった。

「な、なんだっ？」

「もしかして人形に入っていたの……空気でなく、ヘリウムガスでは？」

吸いこむと声が変わるガスだ。

そして、風船や人形を膨《ふく》らませるのにも使われる。とうぜん酸素の代わりにはならない。

モブ男の意識は遠くなり、ハンドル操作を誤って電柱に激突。

「い、いやだ。死にたくない。おっぱいを揉《も》むまでは」

フラグちゃんは少し迷ったあと。

彼の耳元でささやいた。

「モブ男さん、モブ美《み》さんがきてくれましたよ。おっぱい触らせてくれましたよ。よかったですね」

「あぁこれが……おっぱい……」

エアバッグに頬《ほお》ずりして、モブ男は死んだ。

とても安らかな表情――フラグちゃんの優しいウソであった。

■シネコン

フラグちゃんは『パニックもの』の映写室から出る。

ディスプレイの『監督』は、またしてもご機嫌だ。

『あぁ。モブ男の最後まで前向きな執念。とても素晴らしかったです』

(え?)

今回は、モブ男に注目していたらしい。

恋愛フラグが、シネコンの売店で手に入れたらしいチュロスをかじりながら、

「わっかんないなぁ。『監督』さん、キミの目的なんなの?　ボクたち四人だけじゃなく、モブ男くんを何の『参考』にするつもりなの?」

『あなたが知る必要はありません』

「ふ～ん……」

恋愛フラグは、チュロスを指で折った。天界一のトリックスターとして、踊らされっぱなしはストレスがたまるのだろう。

だがそんな殺気など『監督』はどこ吹く風だ。優雅《ゆうが》にマントをなびかせ、『スポーツもの』の映写室を示す。

『さあ、今日最後の仮想世界です。行ってらっしゃいませ』

▶映写室・七『スポーツもの』サッカーできないのにプロサッカー選手になったらどうなるのか？

一九六〇年代、ヨーロッパ某国《ぼうこく》。

タクシーから、スーツ姿の青年が降り立った。目の前には、サッカーチームのクラブハウス。

「俺の名はモブ男《お》。このプロサッカーチームと半年の契約を結んだ。頑張って、いっぱい稼ぐぞ」

だが、一つ問題がある。それは……

「サッカーは素人同然なことだ。でも、なんとかなるだろ」

「立ちました！」

　フラグちゃんが『死亡』の小旗を振り、現れた。

「あ、フラグちゃん」

「いやいや……なんとかなるわけないでしょ。そもそも、どうやって契約までこぎつけたんですか」

　モブ男は写真を取り出した。

　そこには愛妻家《あいさいか》として有名な一流サッカー選手が、派手な女性とホテルに入っていく姿が映っている。

「たまたま、こんな浮気写真が撮れてさ。『なんでもするからバラさないでくれ』って懇願《こんがん》されたから『じゃあプロチームへの推薦《すいせん》文を書いてくれ』ってお願いしたんだ。プロサッカー選手になれば金ガッポリだろ？」

「人生設計のなさが、えぐすぎる」

　この時代はネットがなく、ビデオも未発達。なのでサッカー選手は有名選手の推薦で入団することが多かった。

「でも俺、ディフェンダー歴は長いんだよ。小学校のサッカーの授業では、ずっと後ろにいたし」

「それ単なる、運動できない人のあるあるですよ……」

ディフェンダーというより、単にボールに絡《から》めない要員だ。

「関係ないけどサッカーの授業って、サッカー部の奴《やつ》らムカつくよね。上手《うま》いの当たり前なのに、下手な俺を見下してくるし」

「モブ男《お》さん、その上位互換《じょういごかん》とプレーするんですよ！」

プロとしての自覚が皆無《かいむ》だった。

フラグちゃんはモブ男を見上げて、

「そもそも初練習で、一発でバレるじゃないですか」

「大丈夫」

モブ男はニヤリと笑い、

「チームメイトに金を渡して、体当たりで怪我《けが》させてくれるよう頼んだからね」

「ダメな意味でストイックですね……」

その後、モブ男は初練習で、計画通り怪我をした。

全然大したことはなかったのだが、今度は医者を買収し『重傷』というニセ診断書を書かせて休む。

それから新聞記者に酒をおごり、こんな偽《にせ》記事を書いてもらった。

『モブ男はブラジル出身の日系三世で、弱冠《じゃっかん》十五歳で名門プロチームに入団』

『その年、得点王になる』

『まさにサッカーの申し子』

　モブ男への期待と人気は高まった。街へ出ればおごってもらえるし、美女にチヤホヤされる。

「モブ男、早く試合に出てくれよ！　期待してるぜ」

「任せろ。俺がこのチームを優勝させる！」

　だがモブ男は、一度も試合に出ないまま契約期間を終えた。それどころか偽記事を活用して、ワンランク上のチームへと移籍した。とうぜん年俸も上がる。

　高級レストランで祝杯《しゅくはい》をあげるモブ男に、フラグちゃんは言った。

「いいんですか？　経歴詐称《さしょう》なんかして」

「ちょっと話を盛っただけじゃないか。恋愛フラグさんの胸みたいなもんだよ」

　聞かれたら殺されそうなセリフを言う。

「でも気がかりなことが、一つだけあってね……」

　もっとあるだろ、と思ったが、フラグちゃんは続きを促《うなが》す。

「買収した前チームの同僚《どうりょう》や、医者に口止め料を要求されてるんだ。移籍金や年俸では足りないくらいの」

「なんという因果応報《いんがおうほう》」

そんなモブ男《お》は、ある日、この国のサッカー協会に呼び出された。

「モブ男。こんど我が国で開催されるワールドカップ。なんとしても上位進出を果たしたい」

「はあ」

「帰化《きか》して、代表にならないか。むろん金はたっぷり払う」

むろん、モブ男は金に目がくらみ速攻で帰化。

フラグちゃんはゲンナリしながら、

「もしかして、ワールドカップも怪我《けが》のふりで欠場を？」

「もちろんさ」

「でも帰化する際の契約書の、ここに……」

フラグちゃんは人差し指で、契約書の隅《すみ》を示す。

「凄《すご》く小さく『欠場した場合、以下の罰金を科す』とありますよ。この金額を払ったら、大赤字です」

「ほ、本当だ……なんて姑息《こそく》な書類だ」

姑息な人間はそう言いつつ、肩を落とした。

「仕方ない、諦めるか……」

「ええ。帰化によるお金は諦めたほうが」

「欠場するのは諦めて、ドーピングして活躍しよう」

「泥沼！」

▶

そしてワールドカップの初戦の日。

自国開催だけあって、会場はサポーターで溢《あふ》れていた。その多くが、モブ男に期待を寄せている。

モブ男は、不気味なほどムキムキになって現れた。間違いなくドーピングしている。

フラグちゃんは筋肉をぺたぺた触りながら、

「でもドーピング検査はどうするんですか？　試合前に尿検査をされたら、おしまいですよ。係員の目の前で採取《さいしゅ》しますから、尿を入れ替えるなどの誤魔化《ごまか》しもできませんし」

「大丈夫」

モブ男はポケットから、細長くグニャグニャした物体を取り出した。

「え、なんですかこれ……、……きゃあああ──────!!」

フラグちゃんが大きく飛びずさった。どこをどう見ても、男性のアレである。

モブ男はブ厚い胸をそらし、

「これは特注《とくちゅう》で作って貰《もら》った、偽物《にせもの》のアレだよ。中には、他人のおしっこが入ってる」

「は、はぁ」

「股間に仕込んでおいて、ドーピング検査の時にはコレからおしっこを採取《さいしゅ》するんだ。そうすれば薬物反応は出ないだろ?」

「なんという、ダメな方向への努力……」

モブ男は得意げに、

「俺は欲望のためなら、身を粉《こ》にするのも厭《いと》わないのさ」

(まあ実際、己の身を粉《こ》にしてますからね)

女風呂を覗《のぞ》いて、原子単位でバラバラになっていたし。

「この偽物のアレ、作るのに苦労したんだよ。ほら、試作品《しさくひん》も十個近く」

床に猥褻物《わいせつぶつ》を陳列《ちんれつ》していくモブ男の顔面に、フラグちゃんはピコピコハンマーをフルスイングした。

そしてモブ男は、ドーピング検査を見事かいくぐり、試合に出場。

サッカーの授業でずっと後ろにいた実力をいかんなく発揮し、50対0という大差で敗れた。

「そもそもサッカーでドーピングしても、テクニックがなきゃほぼ無意味ですよね」

「そうだったー！」

観客席のサポーターは怒り狂っている。「モブ男の野郎！」「何がサッカーの申し子だ！」

などと暴動寸前だ。

モブ男は涙目になる。

「国際試合で負けたからって、選手を責めるなんてファン失格だよ！」

「それはそうですが、スポーツマン失格の人が何言ってるんですか……」

サポーターの一人がフェンスを越え、フィールドに乱入してきた。

なんと、その手には拳銃。モブ男は足を撃たれた。

「いってえええ。命だけはぁ！」

モブ男は超高速で土下座した。ドーピングの効果を無駄に発揮している。

卑屈《ひくつ》きわまりない笑みで、

「お怒りの理由、詳しくお教え下さいよぉ」

「テメェの活躍を信じて、サッカーくじで全財産を賭けたんだよ。それなのに……」

「立ったぞ？」

生存フラグが現れ、拳銃を蹴り飛ばした。

「銃をつきつけてくるヤツが、べらべら喋《しゃべ》るのは生存フラグじゃ」

「よーし、計算通り！　いてて……」

モブ男は、撃《お》たれた足を押さえた。

その脇にフラグちゃんがしゃがんで、痛ましそうに、

「分かったでしょう？　経歴詐称《さしょう》でスポーツ選手になるなんて、間違ってるんですよ」

「そうだね。これからは『ファンに撃たれた悲運のサッカー選手』という宣伝文句で、講《こう》演会《えんかい》で稼ぐとするよ」

「不屈！」

■シネコン
フラグちゃんと生存フラグが映写室から出る。

またもディスプレイに映る『監督』は満足そうだ。モブ男のしぶとさが好印象だったらしい。

それは失恋フラグも同様のようだ。

「さすがモブくん……惚《ほ》れ直したわ」

失恋フラグは、モブ男の『どんなにフラれても諦めない姿』に惹《ひ》かれたのだ。インチキサッカー選手を諦めない姿で惚れ直すのもどうかと思うが。

恋愛フラグが、チュロスの包装紙をゴミ箱に投げ捨てて、

「さて『監督』さん? さっき『今日最後の仮想世界』って言ってたよね。あとは自由にさせてもらうよ」

『どうぞ。お疲れ様でした』

ディスプレイが消える。

それを恋愛フラグは、薄笑いで見つめる。『監督』への敵意がくすぶっているようだ。

生存フラグが空気を変えるように、肩をすくめて、

「さて、また買い出し――というより、物資の調達じゃな。とりあえず食料品からか」

「……そうだね」

生存フラグ、恋愛フラグ、失恋フラグがシネコンを出て行く。

それを、フラグちゃんは呼び止めた。

朝に思いついた事を、話してみる。

「皆さん、ちょっと提案《ていあん》があるのですが」

五話　パーティ、そして反撃

▶天界

天界・謁見《えっけん》の間。

神様は夜になっても自室に戻らず、玉座に座っていた。目の前にディスプレイを表示させ、キーボードでプログラミングする。

「ふう」

エナジードリンクを飲んで、目頭《めがしら》をおさえる。

近くの椅子には、ファントムマスクと黒マント――『監督』の姿がある。

(あのお方に主導権を握られてから、ほぼ不眠不休《ふみんふきゅう》で働きっぱなし……さすがに疲れた)

主な仕事内容は、仮想世界の設定だ。ショッピングモール、映写室……それらとは別に『監督』が切望《せつぼう》する、もう一つの仮想世界。

№1も手伝ってくれているが、『監督』の身代わりになる事で忙しい。神様の仕事量は限界を超えていた。

(でも頑張らないとね。仮想世界を破壊させないために)

今や仮想世界は、フラグちゃんたちにとって単なる訓練場ではない。

仲間やモブ男との、大切な場所なのだから。

頬《ほお》を叩《たた》いて気合いを入れ直《お》したとき、スマホにテレビ電話が着信。

フラグちゃんからである。神様は、孫から連絡が来た老人のように目をほそめた。

「どうしたんだろう……もしもし」

『神様、夜分《やぶん》遅く申し訳ありません』

可愛《かわい》らしいピンクのパジャマ姿だ。風呂に入ったあとらしい。

『今、お時間大丈夫ですか。……近くに『監督』がいるようですが』

「あ、ああ、ちょっと待って！」

神様はファントムマスクに顔を近づけ、はい、わかりました、とうなずいたあと、

「休憩をいただけるそうだ」

『ああ、よかった』

安堵《あんど》するフラグちゃん。

（おや）

彼女たちが拠点としている寝具店《しんぐてん》。昨夜とは様子が、ずいぶん違う。

たくさんの折り紙の花、それに風船やパーティグッズで飾り付けがされている。百円ショップで手に入れたのだろうか。

（はて、今日は誰かの誕生日だったかな？　……いや、死神No.２６９も、天使No.11も、死神No.51も、天使No.51も違う）

神様は、天使と死神全員の誕生日を覚えている。

（では一体、なんのパーティだろ？）

神様が無精髭《ぶしょうひげ》を撫《な》でたとき。

フラグちゃんたち四人が、画面に向かってクラッカーを飛ばしてきた。

『今日は六月十八日——父の日です。神様、いつもありがとうございます！』

「え？」

目を瞬《しばた》かせる神様。

恋愛フラグは楽しそうだ。サプライズが成功して嬉《うれ》しいらしい。

『しーちゃんがボクたちに提案《ていあん》したんだよ。いつもの感謝のしるしに、盛大に祝おうって。ここに閉じこめられてる今でも、リモートならできるってね』

「み、みんな〰〰！　ありがとう〰〰！」

神様はぼろぼろ涙をこぼし、スマホに頬《ほお》ずりした。死神や天使を創《つく》って長いが、父の日を祝われたことなど滅多《めった》にない。

『ええい、号泣おっさんのアップなど見たくないわ！』

生存フラグが通信を切ろうとしたので、フラグちゃんは慌てて止めた。

神様は鼻をかみ、ようやく落ち着いた。

フラグちゃんが画面の中央に出てきて、

『No.13さんにもお声がけしようと思いましたが、こちらから天界へは神様へのスマホ以外繋《つな》がらないみたいで……後でまた、かけ直してみますが』

（No.13が現状を知ったら、めちゃくちゃ怒られるだろうな）

震え上がる神様に、フラグちゃんが、

『私たち、それぞれプレゼントを用意したんです。お渡しするのは天界に帰還《きかん》してからになりますが、まずは生存フラグさんから――』

生存フラグが映り、立派な瓶《びん》を差し出してくる。

『ほれ』

神様は再びウルッときた。

（あぁ、いつもツンツンしてるNo.11までが、私にプレゼントを……）

『加齢臭《かれいしゅう》防止のシャンプーじゃ』

「……」

多少テンションが下がったが、神様は笑顔を浮かべ、

「あ、ありがとう。嬉しいよ」

『気にするな。このショッピングモールでは、身銭《みぜに》を切らなくていいから適当にとってきただけじゃ』

そうだった。

(とほほ。やっぱり天使№11は私のことが嫌いなのかな)

しょんぼりする神様。

そのときフラグちゃんが、生存フラグの両肩を後ろからつかんで、

『そんなことを言って〜。生存フラグさん、三十分くらい店で一生懸命考えてたんですよ。壁の折り紙の花を折ったのも彼女ですし』

「お、おい、よけいなことを！」

頬《ほお》を染める生存フラグを見て、神様はほっこりした。

二人を、失恋フラグが肩で押しのけて、

『続いてはアタシね——神様、これをどうぞ！』

両手で差し出してきたのは、青いマフラー。なんと手編《てあ》みのようだ。

「あ、ありがとう」

『だって神様には、いつもお世話になってるもの』

(ああ、なんていい子なんだ)

胸をふるわせる神様。

恋愛フラグが、マフラーをのぞきこんで、

『これ、無駄にならなくてよかったね』

「ん、なんのことだい？」

『だって、モブ男《お》くんに作ったマフラーの失敗作だもんね～』

「廃物《はいぶつ》利用⁉」

神様は愕然《がくぜん》とした。

失恋フラグが両手をわたわたさせ、弁明する。

『で、でも失敗作といっても、気持ちはこもってるわ――モブくんにあげるやつと同様、アタシの髪の毛編《あ》みこんでるし』

「怖いよ‼」

マフラーが青なのは、髪の毛をカムフラージュするためらしい。

失恋フラグが豊かな胸を張り、ドヤる。

『ちなみにモブくんへのマフラーは、アタシの髪１００％よ！』

「特級呪物《とっきゅうじゅぶつ》かな？」

捨てる際は、お祓《はら》いが必要なレベルだ。

顔をひきつらせていると、恋愛フラグが、

『じゃあ次は、ボクからのプレゼントだよ……ちょっとみんなこっち寄って』

手招きしてフラグちゃん、生存フラグ、失恋フラグと体を寄せ合う。

『じゃあいくよ』

カメラを自分たちに向ける。

(あれは『フクカエール?』)

好きな服に着替えられる天界アイテムだ。

シャッターが押されると……

フラグちゃんたち四人は、ウェディングドレス姿になった。

『ボクからは、娘たちの晴れ姿をプレゼントするよ』

「おぉ、皆可愛《かわい》いね」

『じゃあ次、しーちゃんのプレゼント・感謝の手紙〜』

フラグちゃんが手紙を出し、読み始める。

『温かく見守って下さり、いつも感謝しています。あなたの娘に生まれて、私は本当に幸せです……』

『結婚式で、新婦が父親に読む手紙か』

生存フラグがつっこんだ。ウェディングドレスを着ているので、余計にそう見える。

フラグちゃんが読み終えると、恋愛フラグが、

『よかったよ、しーちゃん。結婚式の予行演習になったかな？』

『け、結婚式⁉　誰がモブ男《お》さんなんかと……』

『誰もモブ男くんなんて言ってないよ』

誘導尋問《じんもん》にチョロく引っかかるフラグちゃん。

『きー！　ふざけんじゃないわよ！』

失恋フラグがフラグちゃんに掴《つか》みかかった。

『あ〜、やっぱりこうなっちゃった。神様またね〜』

恋愛フラグが手を振り、通話が切れた。

■ショッピングモール

一方、フラグちゃん達《たち》が拠点にしている、寝具店《しんぐてん》。

神様とのテレビ電話を切ったあと、生存フラグが、

「いい加減にするのじゃ」

フラグちゃんと失恋フラグの首根《くびね》っこをつかみ、引《ひ》き剥《は》がした。猫のケンカを止めるか

のようだ。

「さっさと片付けるぞ」

「「はい……」」

威圧感に、二人は素直にうなずく。

フクカエールで元の服に戻り、皆で後かたづけ。

それを終えると、フラグちゃんがスマホを取り出した。

「もう一度No.13さんに、電話をかけてみます。心配してらっしゃるでしょうし」

(昨日は繋《つな》がらなかったし、無駄だと思うけどね)

恋愛フラグが、そう思っていると。


『はい。お疲れ様です、No.13です』


フラグちゃんのスマホに、No.13の整った顔が現れた。

「え、繋がった!?」

驚くフラグちゃん。

それは恋愛フラグも同様だ。これを利用すれば、面白いことができるかもしれない。

(このところ『監督』に踊らされっぱなしだけど……そろそろ反撃させてもらおうかな)

■逆襲

——少し時間は戻る。

死神としての業務を終え、No.13は自室に戻った。高級ゲーミングチェアに深く身体《からだ》を沈め、息をつく。

（ふう……）

昨日から働きっぱなしだった。三十もの死亡フラグを回収し、心身ともに疲れている。明日からの業務を効率的にこなすために、気分をリフレッシュするべきだ。

（死神No.２６９たちと、軽くゲームでもしましょうか）

そう思ったとき。

ちょうどその死神No.２６９から、テレビ電話がかかってきた。すぐに出る。

「はい。お疲れ様です、No.13です」

『え、繋がった!?』

なぜか、かけてきた方が驚いている。

『あのですねNo.13さん、ええと——』

酷《ひど》く慌てているようだ。落ち着かせるには、軽く冗談でも交えるのが効率的だろう。

「まさか、またトラブルに巻き込まれているのですか?」

『そのとおりです』

「……」

№13は額に手を当てた。

――そしてフラグちゃんの説明は、№13の想像を遥《はる》かに上まわっていた。
・『監督』という謎の人物が、神様と№1を従えている。
・『監督』には何らかの目的があり、その達成のためフラグちゃん達《たち》四人を仮想世界に閉じこめている。
「いや、大事件じゃないですか!!」

自分が業務に忙殺《ぼうさつ》されている間に、天界の首脳部が乗っ取られていたとは。

「でもなぜ、神様たちは唯唯諾諾《いいだくだく》としたがっているのです?」

『『監督』には、仮想世界を破壊する力があるらしいです。だから仕方なく……』

いま仮想世界にいるフラグちゃん達を――そして、彼女達の大切な場所を守るため、というわけか。

（いかにも、神様らしいですね）

『でもね、反撃の手段はあるよ』

フラグちゃんの後ろから、恋愛フラグが顔を出した。

『要するに『監督』の、仮想世界を破壊する力を奪えば、こっちのものでしょ』

「確かにそうですが――」

『おそらくそれは『監督』が持ってるUSBメモリ。その中に、破壊するためのウイルスか何かが入ってる』

ああ、とフラグちゃんが虚空《こくう》を見上げた。思い当たる節《ふし》があるらしい。

『それを№13さんなら、奪えないかな？』

「私が、ですか」

№13は死神としてかなり優秀だ。身体能力も、フラグちゃんを大きく上まわる。

だが。

「そのUSBを手に入れて解決するのですか？　別のパソコンにバックアップを持っているでしょう」

『ウイルスの中身がわかれば、神様や№1さんならワクチンソフトを作れるでしょ。そうすれば、仮想世界の破壊を防げる』

「ふむ……」

やってみる価値はある、か。

リスクはあるが、大切な後輩たちを救えるチャンスがあるなら。

「わかりました。では『監督』はどこに？」

『謁見《えっけん》の間にいる神様とテレビ電話したら、映ってたよ。まだそこにいるかも』

了解しました、と№13は電話を切った。

自室から出て、死神寮を抜け、謁見の間の前へ。

大扉を僅《わず》かにあけ、手鏡で室内を映してみる。

玉座で神様が、一心不乱《いっしんふらん》に作業していた。『監督』に命じられた作業をこなしているのだろう。

そして。

（あ、あれが……！）

神様を見張るように、ファントムマスクの人物が座っている。あのマントの下に、USBメモリを持っているのか？

№13は音もなく室内へ入り、柱の陰に隠れた。

（ステルスアクションゲームの要領《ようりょう》で）

ゲーマーらしくそう考え、気配を殺して進む。二人の背後へ回り込んだ。まだ気付かれていないようだ。

（いきます！）

疾風《しっぷう》のように『監督』に襲いかかった。完璧に胴体をとらえた。しかし——

「!?」

手応えがおかしい。椅子にマントを立て、ファントムマスクを乗せていただけのようだ。

「No.13、なぜここに!?」

神様が驚きの声をあげたとき。

「うっ」

No.13は後ろから羽交《はが》い締《じ》めにされた。

「あ、あなたは——？　むぐっ!?」

口に瓶《びん》がつっこまれ、黒い液体を注ぎ込まれる。これは確か……

（天界アイテム『幼児タイコーヒー』！）

飲んだ者の外見はそのままに、中身を幼児退行させるコーヒーだ。抵抗するが、どんどん意識が遠くなっていく。脳裏《のうり》に、フラグちゃん達《たち》の姿が浮かぶ。

（ど、どうか無事で……）

そして。

No.13は完全に幼児化し、あどけなく周囲を見回した。

(ふう)

No.13を無力化し、No.1は息をついた。

『監督』の恰好《かっこう》から甲冑《かっちゅう》に着替え、コンソメ丸の世話をし、ここ謁見《えっけん》の間に戻ってきたら……No.13がいたのだ。

「ひっ」

目が合うと、No.13は怯《おび》えきった様子で神様にすがりつく。いつもの凛《りん》とした姿はどこにもない。

(あなたは、邪魔なのですよ)

『監督』には、自分と神様だけで対応すればいいのだ――せっかく久しぶりの、二人きりなのだから。

神様がNo.13をなだめながら、

「な、No.1、どうしてこんなことを!?」

言い訳を瞬時に考える。

「いまの行動でもわかるように、No.13は『監督』に過激な行動をとるかもしれません。解決までは、おとなしくして貰《もら》った方がいいです」

「そうかもしれないが……」

神様は、少し納得いかない様子だったが、

「よし。では君は、№13の面倒《めんどう》を見てくれないか」

「え!?」

「僕は明日《あした》に備えて、仮想世界の設定をしなくては。君にしか頼めないんだ。お願い」

（……君にしか……頼めない……!!）

その言葉は、№１の心にブッ刺さった。

何度もうなずく。

「はい。私にお任せ下さい――あと、これをどうぞ。父の日のプレゼントです」

おずおずと、両手で箱を差し出す。

「おお、ありがとう。実はさっき、死神№２６９達《たち》からも祝ってもらったのだよ」

（あ、あいつらに先を越されるなんて……！）

火に油を注いだとも知らず、神様は箱をあけた。

中に入っていたのは、サンダル。

「神様がいつもお履《は》きのサンダル、右の靴底が２・２センチ、左が３・８センチもすり減っているので、そろそろ替えたほうがいいかと思いまして」

「……そ、そうか。左右とも、ミリ単位で把握《はあく》してるんだね。ははは……」

（ああ、神様がお喜びくださっている！）

頬《ほお》が引きつっているようにも見えるが、気のせいだろう。

そのとき。

空中に、超巨大なディスプレイが現れた。


『神様』


そこに映し出されたのは、本物の『監督』――今回の事件の、真犯人。

No.1と神様を見てきて、

『あらあら、水入《みずい》らずのところを、お邪魔しちゃったかしら』

No.1の心に、憎悪《ぞうお》が膨《ふく》れあがった。

――『監督』は、ある理由から天界に来ることができない。

そこをフラグちゃんたちが疑問に思ったら、正体に気付かれるおそれがある。

ゆえに『監督』は、No.1に台本を与え、身代わりをさせているのだ。

神様がうろたえる。

「か、『監督』様。もしかして、さっきNo.13が反旗《はんき》を翻《ひるがえ》したことをお怒りですか!?」

『まあ、少しね。おそらく恋愛フラグあたりの入れ知恵で、USBメモリを奪おうとしたんでしょう』
　神様は№13をかばいつつ、土下座した。人買いから娘を守るかのようである。
「ははぁー！　平《ひら》に ご容赦《ようしゃ》を。お怒りをお鎮《しず》めください」
『これくらいで仮想世界の破壊などしないわ……ただ、ペナルティは受けてもらう』
『監督』は、ニヤリと笑った。
『で、神様にお願いがあるの。断らないわよね？』

■シネコン
　恋愛フラグは仲間三人とともに、テーブルに置いたスマホを見つめていた。

　№13からの、いい報告を待っているのだ。

　首尾《しゅび》良く『監督』からUSBメモリを奪えれば、仮想世界の破壊を防げるかもしれない。

（そろそろ反撃しないと、ボクのプライドが許さないしね）

　そのとき頭上から。

　何かの液体が落ちてきた。

「え、何？」

反射的に上を見る。ハート型の派手な瓶《びん》が、逆さになってフワフワ浮いていた。あの中身を、ぶちまけられたらしい。

(あれは天界アイテム『惚《ほ》れ薬Z?』)

かけられると、周りの者からベタ惚れされる。

つまり。

「恋愛フラグさん」「恋愛フラグ……」「れんれん♥」

フラグちゃん、生存フラグ、失恋フラグがにじりよってくる。目にハートが浮かび、激しく興奮している。

「ちょ。な、なんで」

『私に逆らった、ペナルティですよ』

スマホに、ファントムマスクの人物が映った。

その背後では、No.13が大泣きしている。計画は失敗したらしい。

「神様に命じて『惚れ薬Z』を、その仮想世界に転送してもらったのです。三人は明日の朝まで、貴方《あなた》に夢中ですよ」

管理者権限を持つ神様なら、お手のものだろう。

『監督』はUSBメモリを、見せつけるようにプラプラさせて、

『ちなみにこの中身は空《から》。ただのフェイクです』

「えっ」

『そもそも私の『仮想世界を破壊する力』とは――ウイルスではありません。見事に騙《だま》されましたね』

(も、もしかしたら)

№13に電話が繋《つな》がるようになったのも、罠《わな》だったのかもしれない。『監督』に踊らされていたのだ。

だがこれくらいで落ちこむ、恋愛フラグではない。

「ふんだ。今回は一本とられたけど、絶対借りは返すからね」

『クックック。そんなことを言っている場合ですか？』

生存フラグに、いきなり襟首《えりくび》をつかまれた。

ずるずる引きずられ――ベッドに乗せられる。息を荒げながら頬《ほお》を撫《な》でてきて、

「さぁ。我らの子供を作ろうではないか」

「せ、せーちゃん？　ボクたちは同性で……」

「子の名前はどうしようかのう」

生存フラグは全く話を聞かず、幸せそうに目を閉じ、

「ワシとキサマの間をとって『天使No.31』はどうじゃ？」

「多分もういるよ！」

そうつっこんだ時、失恋フラグが脚をつかんできた。

「れんれんと子供を作るのはアタシよ！」

「ちょ、ちょっと！　キミとは同性だけじゃなく、姉妹だよ⁉」

「そ、そうだった」

オッドアイを見ひらく失恋フラグ。思いとどまってくれるだろうか。

「姉妹同士……！　禁断の恋だからこそ、燃え上がるってものよ！」

（さ、さすが恋愛脳！）

燃料を投下してしまったらしい。

「恋愛フラグさんは私のものです！」

フラグちゃんも参戦してきた。しかも彼女が掴《つか》んでいるのは……

「ちょ、しーちゃん！　胸だけは触っちゃダメ！」

カサ増しの仕掛けが取れそうだ。

かつてない大ピンチ。『監督』の高笑いが聞こえる。恋愛フラグは身をよじりながら、

こう誓うのだった。

(『監督』。あとで、ぜ――ったいお返しするからね!)

⚑No.1とNo.13

そして天界最強の死神も、苦労することになる。

(神様から命じられたNo.13のお守《も》り。しっかりやらなくては)

No.1はそう思い、No.13を自室に連れてきたが。

「びえええええ〰〰〰! かみしゃま〰〰〰!!」

ギャン泣きである。誘拐犯にでもなったような気分だ。

「お、落ち着きなさい」

「この人こわいよ〰〰〰!」

たしかに今のNo.1は、二百三十センチほどの巨躯《きょく》に甲冑《かっちゅう》。髑髏《どくろ》の仮面。子供には、なまはげ並のトラウマを与えるであろう。

(ええい、仕方ありません)

No.1は甲冑を脱ぎ、竹馬から降りた。

№13は瞬時《しゆんじ》に泣き止《や》んだ。目を輝かせて見下ろしてくる。

「うわぁ、お人形さんみたいです」

「だ、誰がですか！　私は頂点に立つ死神ですよ！」

両手を振って抗議するが、№13との身長差は三十センチほど——ツノがなければ六十センチほどもある。

「私を敬《うやま》うのです——わあっ」

「ほーら、たかいたかーい」

両脇をつかまれ、持ち上げられる。とんでもない屈辱だ。

「こ、こら……ああっ！　天井にツノが刺さった！」

「きゃっきゃっ」

無自覚《むじかく》に暴君《ぼうくん》ぶりを発揮する№13。

すぐに飽きたのか№1を放り出し、今度は甲冑に興味を示し始めた。胸の部分をぺたぺた触り、

「ねぇねぇ」

「なんですか……」

「なんでこの鎧《よろい》、お胸の部分が膨《ふく》らんでいるのですか？」

(見栄《みえ》です!!)

『立派な死神』にふさわしい、妖艶《ようえん》な美女と周囲に思わせるためである。

No.1は必死に、主導権を握る方法を考える。

(そ、そうだ。子供をあやすには、動画を見せるのがいいと聞いたことがあります)

No.1はスマホを取り出し、サブスクの動画サイトで、アニメ『アソパソマン』を映した。

子供には最強のコンテンツである。

「わーい、アソパソマン!」

案《あん》の定《じょう》No.13はペタン座りして、画面に見入った。

(ふっ、所詮《しょせん》は子供)

嘲笑《ちょうしょう》するNo.1だが、一緒に見ると、なかなか面白い。

むしろ彼女の方が感情移入し、ピンチの場面でハラハラする。

「ああっ、何をしているのですアソパソマン……後ろ! 後ろからヴァイキンマンが迫っている……ほら見なさい、顔を汚《よご》されてピンチになった!」

そこへ現れたのはアソパソマンの産みの親・ヴャムおじさん。

彼が顔を交換したおかげで、みごとアソパソマンは逆転した。

No.1は涙をこぼす。

「あぁ! やはり父の愛は偉大!」

ファザコンには響《ひび》きまくる展開のようだ。

「……あれ？　№13は？」

いつのまにか隣にいない。目元をぬぐい、周囲を見る。

鼻歌まじりに、壁にでかでかと絵を描いていた。

「こ、こらー！　壁に落書きしない！」

「らくがきではありません。これは『あーと』です」

幼いとはいえ、さすが№13。弁《べん》が立つ。

廊下に放り出したくなったが、神様から受けた任務を放棄できない。どうすれば№13を、落ち着かせられるだろうか――

「そ、そうだ！　サラマンダーと遊ばせてあげます」

「さらまんだー？　わーい！」

（よし食いついた。では№２６９の部屋から、コンソメ丸を連れてきましょう）

これは№13をあやすためだ。

決して自分が、あのサラマンダーにまた会いたいからではない。

六話　シネコン三日目（『動物もの』『ラブストーリー』『タイムリープ』）

■ショッピングモール

翌朝の寝具店《しんぐてん》。

四人は、気まずい空気で朝食を食べた。

昨夜、フラグちゃん、生存フラグ、失恋フラグは、『惚《ほ》れ薬Z』の効果が切れるまで、恋愛フラグを追いかけ回したのだ。

「ご、ごめんなさい恋愛フラグさん」

「いいんだよ。悪いのは『監督』だもの……ふふふ……」

恋愛フラグは光のない目で、朝食のパンケーキをフォークでザクザク刺している。かなり怖い。

（発情したせーちゃんに、包帯でグルグル巻きにされた時は、もうダメだと思った……）

胸のカサ増しがずれたおかげで隙間ができ、脱出できたのだ。助かったとはいえ、別の意味で屈辱である。

（『監督』――ボクをあんな目にあわせたこと、ぜったい後悔させてやるんだから）

そう決意して朝食を平《たい》らげ、皆で片付けをした。

身だしなみを整え、シネコンへ向かう。

今日もディスプレイに、ファントムマスクの『監督』が映っている。

(あれ?)

『監督』は、心なしか疲れているようだ。何かあったのだろうか。

だが今はそれよりも、気になることがある。フラグちゃんは尋《たず》ねた。

「No.13さんはどうなりましたか?」

『心配ありません、そこにいます』

画面が動く。なんとNo.13は——四つん這《ば》いの神様にまたがり、無邪気に笑っていた。

「わーい、おうまさん、おうまさん!」

ヒヒーン! と甲高《かんだか》く鳴く神様。

フラグちゃんは驚愕《きょうがく》した。

「いったい何が!?」

『No.13は天界アイテムで、幼児化していただきました。数日もすれば元に戻るでしょう』

(そ、それなら、あまり心配はいらないかもしれませんね)

だがNo.13が無力化された以上、いまフラグちゃんたちに反撃する手段はない。

(おとなしく『監督』のいうことを聞いて、機会を待つしか——)

『今日でこのシネコンにおける、貴方《あなた》たちのフラグ回収は終わりです』

その言葉に、フラグちゃん達《たち》は顔を見合わせた。

『監督』は続ける。

『オ、オ、オーディションの参考材料が、もう少しで揃《そろ》いますので』

「オーディション？」

それが、フラグちゃんたちを閉じこめた理由らしい。だが。

「い、いったい何のための？」

『間もなくわかります』

『監督』は映写室を指し示す。『上映中』のランプが点灯《てんとう》しているのは『動物もの』だ。

フラグちゃんは口元に手を当てて、

（オーディション……俳優や歌手などを起用するための、実技審査のことですよね。まるで映画監督のよう……）

――監督。

『監督』は、フラグちゃんたちの実技審査をしているのだ。

何《なん》らかの作品を、作るためだろうか？

⚑映写室・八『動物もの』女子高生たちに飼われたらどうなるのか？

モブ男は金網《かなあみ》フェンスをつかみ、目を血走らせていた。

（俺の名はモブ男。ニートだ。今日も近所を徘徊《はいかい》し、女子校に寄り、中を覗《のぞ》いている）


「立ちました！」


『死亡』の小旗を振り、フラグちゃんが現れた。モブ男を見上げてきて、

「社会的な死亡フラグにも程があります！　女子高生にいやらしい目を向けるなんて、通報されますよ」

「いやらしい目なんて、誤解だよ」

モブ男の視線の先――女子校の庭には、金属製の檻《おり》がある。飼われている兎《うさぎ》が、女子高生に頬《ほお》ずりされていた。

「あのウサギの野郎……俺よりいい思いしやがって」

「動物への嫉妬《しっと》⁉」

真実の方が、人としてヤバかった。

「俺も動物になって、女子高生に飼われたいなあ」

「なれるよ～」


恋愛フラグが現れた。

スカートのポケットをゴソゴソし、ビスケットのようなお菓子を差し出してくる。

「これは『なれっこ動物』。食べると動物に変身できるんだ」

「いただきます」

モブ男はすぐに食べ、愛らしいウサギになった。クゥクゥと鳴き、あたりを飛び跳ねる。

「全く、モブ男さんは」

「そんなこと言っても、笑顔で撫《な》でてたら説得力無いね」

「だ、だって……この可愛《かわい》さ、誰もが魅了《みりよう》されますよ」

フラグちゃんは目を細めながら、モブ男の顎《あご》の下を撫でる。

恋愛フラグはモブ男を持ち上げて、ニヤリと笑った。

「キミが、この女子校で飼われるよう取り計《はか》らってあげる……ふふふ、どうなるかな？」

そして、モブ男《お》の女子校生活が始まった。

人間のとき同様『モブ男』と名付けられ、普段は檻《おり》の中でのんびりする。今までのニート生活とあまり変わらない。

だが。

飼育係のモブ美《み》、モテ美《み》、ギャル美《み》などがやってくると、全力で甘えた。

「きゃっ！　くすぐったいわモブ男！」

堂々と頬《ほお》をペロペロしたり、胸やスカートに顔をつっこんだりできる。

しかもウサギは視野が広い。三百六十度——ほぼ真後ろまで視認《しにん》でき、おまけに体高も低いので、周囲の女子ほぼ全員のパンツが見える。

「クゥクゥ——！」

モブ男は歓喜《かんき》の鳴き声をあげた。フラグちゃんを見上げて、

「いやぁ、飯は勝手に出てくるし、掃除もモブ美たちがしてくれるし。ここは天国だよ」

「プライドないんですか」

モブ男が発しているのは鳴き声だが、担当の死神であるフラグちゃんには意味がわかる。

彼女は、汚物《おぶつ》を見るような目で、

「見てるこっちが恥ずかしいですよ」

「他人の視線なんか気にしない。自分が楽しいって事が、なにより大事なのさ！」

「な、なんか、呆《あき》れを通り越して感心してきました」

モブ男は、長い耳を女子更衣室の方へ向けて、

「おお、こうすると着替え中の女子の、衣擦《きぬず》れの音が聞こえる。ウサギになって本当によかった」

フラグちゃんは前言《ぜんげん》を撤回《てっかい》した。


そんな生活が、半年ほど続いたが……

いつしか、クラスの女子達《たち》がモブ男の世話にくることが減り、掃除もたまにしか行われなくなった。

「どうしたんでしょうね」

「まったく最近の若者には根気がないね。一度はじめたら、最後まで続ける覚悟を持ってほしいもんだ」

人間をやめたヤツに言われたくなかろう。

そして、その日の放課後——

檻《おり》の周りに、モブ男を飼《か》うクラスの女子四十名、それに担任のビリー先生がやってきた。

ビリー先生は厳しい顔で、生徒たちに問う。

「どうして君たちは、モブ男の世話をやりたがらないピョン？　前はあんなに可愛《かわい》がっていたじゃないかピョン」

「だってこのウサギ、可愛いのはいいとしても……」

モブ美《み》は、モブ男を見下ろし、

「全ての行動がイヤらしくて、気持ち悪いのよね」

（ええ⁉）

モブ男は固まった。

堰《せき》を切ったように、モテ美《み》、ギャル美《み》たちが口を開く。

「そう。胸元《むなもと》に顔突っ込んできてフガフガするし」「スカートの中をガン見してくるし」

「中身は完全に、キモいスケベ男子だよね」

見事な洞察力《どうさつりょく》である。

ビリー先生が頭をかいて、

「君たちがそこまで嫌っているなら、世話をするのは無理のようだ……では先生が引き取るピョン」

「よ、よかったですね、モブ男さん」

男に飼われるのはきついが、路頭《ろとう》に迷うよりはマシだろう。

「楽しみだピョン。丸焼き、煮込み、ソテー……」

（食う気まんまんじゃないか!!）

このままではモブ男は、ビリー先生のタンパク源《げん》になるだろう。

そのとき、モブ美がギャル美に、

「『キモい男子』で思い出したけど……最近、更衣室からよく下着が盗まれるじゃない。誰が犯人なのかしら」

「アイツじゃない？　ここんとこ見ないけど、よく学校の外から覗《のぞ》いてたモブ顔のヤツ」

（誤解だ！　俺はここにいる！）

そのときモブ男は、ひらめいた。

（そうだ――いま役に立てば、これからもモブ美たちに飼ってもらえるかも！）

檻《おり》を飛び出した。生徒達《たち》が追いかけてくる。更衣室のそばへ行き、地面を嗅《か》ぐ。

（む、知らない男の匂い！）

ウサギの嗅覚《きゆうかく》は犬にも匹敵《ひつてき》する。モブ男は犯人の行方《ゆくえ》を追跡しはじめた。

クラスの皆と共に、学校の近所にあるアパートへ着いたとき。

「うおっ!?」

女子たちを見て、逃げていく男がいた。

怪しいのでモブ男が体当《お》たりすると、ポケットから女ものの下着が。今日女子校で盗まれたものだ。

モブ美《み》たちは男を拘束《こうそく》し、警察を呼んだ。こいつの部屋を捜索してもらえば、さらに下着が見つかるかも知れない。

モブ男は、モブ美たちから讃《たた》えられる。

「わたし誤解してたわ。モブ男、これからも一緒に暮らしましょ。…………………!?」

「クゥクゥ――――!」

歓喜《かんき》の鳴き声をあげるモブ男。

……だが、彼は気付いていなかった。

『なれっこ動物』の効果が切れたことを。

今の彼は、全裸で四つん這《ば》いになり、クゥクゥ鳴く奇人《きじん》である。

恋愛フラグは電柱の陰からのぞいて、笑いをこらえている。フラグちゃんも両手で顔を押さえ、指摘するどころではない。

モブ男は喜び勇んで、

（よーし。好感度回復したし、また思いっきり甘えるぞ！）

全裸でクゥクゥとわめき、飛び跳ねて女子へ突撃。

「いやぁあああ!!」

皆が逃げていく。通行人も大パニックだ。

そこへサイレンを鳴らし、パトカーが到着した。

（お、さっきモブ美が、下着泥棒を捕まえるため警察呼んだからな）

だが警官達《たち》は、微塵《みじん》も迷わずモブ男を押さえつけてくる。

「何をする！　変質者は俺じゃない」

「どこからどう見ても、そうだろうが！」

「馬鹿言うな！　俺は女子高生に飼われるウサギだ。見ろ、この誰もが魅了《みりょう》される可愛《かわい》さを。クゥクゥ、クゥ――!!」

「怖《こわ》!!」

そして、モブ男はパトカーで護送《ごそう》されていく。

社会的な死亡フラグをしっかり回収したのだった。

フラグちゃんは『動物もの』の映写室から出た。顔が赤いのは、モブ男《お》の裸身《らしん》が頭をよぎるからだ。

いっぽう恋愛フラグは、お腹《なか》を押さえて笑っている。

「いやぁ～。モブ男くんはいつも期待を超えてくるね。さすがだよ」

「恋愛フラグさんったら……」

そこへ拍手が聞こえた。『監督』のものだ。

『天使No.51。さすがのトリックスターぶりですね』

「……そりゃ、ありがと」

「『あの役』を任せられるのは、貴方《あなた》しかいないと確信しました」

やはり『監督』は、フラグちゃんたちに何らかの演技をさせるつもりらしい。その構想は、だいぶ固まりつつあるようだ。

「ふんだ」

『監督』にそっぽを向く恋愛フラグ。

それを横目に、失恋フラグが八重歯《やえば》を剥《む》き出《だ》して『ぐぬぬ』している。

「二酸化炭素、サッカーの仮想世界に続いて、また出番がなかった……そうだ、神様！」

ディスプレイに神様が映る。

『なにかな？』

「アタシ、以前に死神№２６９とフラグ回収対決して、勝ちましたよね」

神様は無精髭《ぶしょうひげ》をなでて、

『ああ。そのときの報酬が、まだだったね。たしか――』

「そう！『アタシの思い通りのシチュエーションで、モブくんと過ごせる』というのが！　今からそんな仮想世界、作ってください」

『なるほど……よろしいでしょうか、『監督』様』

伺《うかが》いを立てると『監督』がうなずいた。

神様は失恋フラグに向き直り、

『では次の『ラブストーリー』の映写室を、死神№51のリクエスト通りのものに差し替えよう。どんなのがいいかな？』

「モブくんと相思相愛《そうしそうあい》になって、遊園地デートがしたいです」

『舞台を遊園地にするのは簡単だけど、相思相愛にするか……』

神様は、恋愛フラグに視線を移し、

『天使№51。君も一緒に仮想世界に行って、『恋の矢』で死神№51とモブ男を撃ってくれないかな』

矢が当たったもの同士を一時間だけ相思相愛《そうしそうあい》にする、天界アイテムだ。

「うえ～、めんどくさいなあ……」

「お願いれんれん、お願いお願いお願い!!」

「はあ……わかったよ」

失恋フラグは飛び上がって喜ぶ。それから不安げに、

「でも『恋の矢』の効果って、一時間だけなんでしょ？」

「じゃあこの『恋の矢エターナル』使ってみる？　これなら効果は半永久的《はんえいきゅうてき》に続くよ」

「そんなのあるの!?　じゃあそれでお願い。レッツゴー！」

失恋フラグは、スキップで『ラブストーリー』の映写室に入っていく。

フラグちゃんは、胸をざわつかせて見送る。それを『監督』がジッと観察している。


⚑映写室・九『ラブストーリー』　○○と相思相愛になったらどうなるのか？


（俺の名はモブ男《お》。遊園地で清掃のバイトをしている）

今は観覧車の近くでゴミを拾いながら、周りのカップルに怨念《おんねん》を飛ばしている。

（おまえら爆発しろ――うん？）

モブ男の胸に、矢羽根《やばね》がハート型の矢が刺さった。『恋の矢エターナル』だ。

恋愛フラグは失恋フラグに向けて、弓をひきしぼる。

「もう一本を、キミに当てれば相思相愛だね」

「う、うん」

失恋フラグが気をつけしていると。

脳裏《のうり》に、フラグちゃんの声が蘇《よみがえ》った。


「失恋フラグさんは……満足なんですか？　そんな手段で、モブ男さんに『好き』と言ってもらって」


モブ美《み》に化けた際、言われたものだ。

モブ男の心を操り『好き』と言ってもらって……ライバルに顔向けできるだろうか？

（だ、だめ！）

失恋フラグは横っ飛びし『恋の矢エターナル』をかわす。

「やっぱりアタシは正々堂々、モブくんと――」

改めて決意し、モブ男を見ると。

なぜか熱い瞳で、こちらを見ている。

「なんて綺麗《きれい》なんだ」

（え⁉　なんだかわからないけど、モブくんと気持ちが通じたの⁉）

モブ男が駆《か》けてきた。失恋フラグは両手をひろげて抱きしめようとするが——

彼は、横を素通りしていく。

そしてなんと、観覧車に抱きついた。

……その支柱《しちゅう》に『恋の矢エターナル』が突き刺《さ》さっている。

「好きだ観覧車——いや、歓子《かんこ》と呼ばせてくれ」

「えぇぇぇ⁉」

失恋フラグは悲鳴をあげた。

どうやらモブ男は、観覧車と相思相愛《そうしそうあい》になったらしい。


「た、立っちゃったぁ！」

失恋フラグは涙目で叫んだ。

「無機物に恋をするのは失恋フラグよ！」

「どうしてだい。今は多様化の時代。無機物と結婚したっていいじゃないか」

確かに世の中には、二次元女性と結婚式を挙げた男性や、ベルリンの壁と結婚した女性も実在する。

後者は名字も『ベルリナー・マウアー（※ドイツ語でベルリンの壁）』と変え、ベルリンの壁が崩壊したとき『夫』との別れに涙したという。

「でも、うまくいかないに決まって……あれ？」

考えてみればモブ男も訓練用プログラム――無機物である。

彼に恋をする失恋フラグと、何が違うというのか。

（ひ、否定できない～～～！）

■蜜月《みつげつ》
それからモブ男は、観覧車と付き合いはじめた。

昼休みは必ず歓子のそばで食事をとる。休日も遊園地にやってきて、働く歓子に惚《ほ》れなおすのだ。

「職場恋愛っていうやつだよ」

「そうかしら……」

失恋フラグは目の光を失っている。

モブ男《お》は歓子《かんこ》の支柱《しちゅう》を、愛《いと》おしげに撫《な》でて、

「いずれ親をここに呼んで、歓子を紹介しようと思うんだ」

(それ、ただの職場案内にならない?)

観覧車を『恋人』と紹介したら、どういう反応をされるのだろう。

「モ、モブくんのご両親、ビックリするんじゃないかな」

「確かに」

モブ男はうなずいて、

「ビックリするよね。モテない俺が彼女を紹介したら」

(そこじゃない!!)

失恋フラグは心中でつっこんだ。

モブ男はうつむく。

「でも歓子、調子悪いのかな。よくわからないタイミングで、照明がつくんだ」

失恋フラグは歓子を見上げる。短い点滅と、長い点滅が不規則に繰り返されている。これは……

(モールス信号?)

光や音の長短《ちょうたん》で、メッセージを送るものだ。

死神や天使は博識《はくしき》である。なので失恋フラグは、歓子が出した信号の意味を読み取るこ

とができた。

『モブオ　アイシテル』

「！」

モブ男と歓子は深く愛し合っているのだ。

種族が違い、言葉が通じなくても……カプ厨《ちゅう》として、胸を打たれてしまうのが悔しい。

『ツタエテ　シツレンフラグ』

「こ、恋敵《こいがたき》を助けるわけないでしょ、馬鹿！」

失恋フラグはそっぽを向いた。

様子をのぞく恋愛フラグは、頰《ほお》をひきつらせる。

「なんなの、このイカれた三角関係……」

⚑

だが甘い日々は、突然に終わりを告げた。

遊園地は来場者の減少により閉鎖され、廃墟《はいきょ》となった。

電力を断たれ、動かなくなった歓子《かんこ》。だがモブ男《お》は会いに行きつづける。植物状態になった恋人を見舞うかのように。

タオルで支柱《しちゅう》を磨きながら、

「今日もきれいだよ、歓子」

「なんだあいつ？　観覧車に話しかけてるぜ。きもっ」

やってきたのは、チャラい男性グループだ。廃墟《はいきょ》探索に来たらしい。

観覧車のゴンドラにぶらさがったり、蹴ったりする。

「やめろ！　歓子を傷つけるなら俺を殴れ！」

その言葉通りモブ男はボコボコにされた。だがその表情には、恋人を守れた満足感があった。

失恋フラグは影から見守る。

「モブくん……！　あなたこそ男の中の男よ！」

届かぬ想《おも》いに胸を焦がすのであった。

モブ男の試練は続く。

『倒壊したら危険』という理由で、歓子が取り壊されることになったのだ。

歓子の側《そば》には、鉄球クレーン車——巨大な鉄球で破壊するための重機《じゅうき》が駐《と》められる。

作業がはじまろうとしたとき、モブ男は止めに入った。その顔は、涙と鼻水でぐちゃぐちゃだ。

「やめろ、やめてくれー！　あの観覧車は俺の恋人なんだ！」

「何を言っているのかね⁉」

ドン引きの警備員に、羽交《はが》い締《じ》めにされる。

「——！」

その姿を見た失恋フラグは、観覧車の管理棟《かんりとう》へ入った。電源を入れるが、びくともしない。

「無駄だよ。遊園地ごと、電気止められてるんだから」

「あ、れんれん！　何か天界アイテムない？」

「ボクは便利屋さんじゃないんだけどなぁ」

そう言いつつも、デンキウナギのような天界アイテムを出した。それを配電盤《はいでんばん》に繋《つな》ぐと……

「あっ」

電気が通った。

それを待っていたかのように、歓子《かんこ》の全ての照明が、同じタイミングで点滅を繰り返す。

「か、歓子、どうしたんだ？」

呆然《ぼうぜん》と立ちつくすモブ男《お》。

失恋フラグは、少しためらったあと、

「……あれはねモブくん。モールス信号で『モブオ　アイシテル』って意味」

モブ男は、膝《ひざ》からくずおれて嗚咽《おえつ》した。

だが無情にも、鉄球クレーン車が、鉄球を揺《ゆ》らし始めた。あれが直撃すれば、歓子は破壊されるだろう。

ふたたび歓子が点滅しだす。モールス信号だ。

（モブくんへの愛を、もう一度伝えようというのね？）

『シツレンフラグ　アリガトウ』

『ワタシノ　トモダチ』

歓子を、鉄球が打ち砕いた。

失恋フラグの涙腺《るいせん》が決壊《けっかい》した。

「歓子〜〜！　ぴえ〜〜ん!!」

■シネコン

　失恋フラグは恋愛フラグと、シネコンへ戻る。

　壁に背をあずける生存フラグが、胃もたれしたような顔で、

「なんじゃ今の、クソラブストーリーは……なあ死亡フラグよ」

「うう……歓子さん……」

「感動しとる！」

　生存フラグはフラグちゃんにハンカチを渡した。

　それから失恋フラグを見つめ、

「ふん。しかし天界アイテムを悪用し、モブ男と相思相愛《そうしそうあい》になるのをやめるとは。少しは成長したのではないか？」

（そうかもね……№269の言葉のおかげかも）

　失恋フラグは、涙を拭《ふ》くフラグちゃんに目を向けた。

「？　なんですか？」

「な、なんでもないわよ！」

失恋フラグがそっぽを向く。

そこへディスプレイに映る『監督』が、

『やはり失恋フラグさんの、モブ男《お》が絡んだときの行動力は凄《すさ》まじい。貴方《あなた》の役も固まりました』

「は、はぁ……」

反応に困る失恋フラグ。

『さあ、次が最後のオーディションです』

『監督』は両手を拡《ひろ》げ、黒マントをなびかせる。

『私の作品に必要な最後のピースを、見せて下さい』


⚑映写室・十『タイムリープ』 過去の自分に会えたらどうなるのか?


モブ男が街を、とぼとぼ歩いている。

「俺の名はモブ男。どのバイトも長続きせず、ずっと金欠《きんけつ》。そのため女にもモテない。勉強していい会社に就職してれば、こんなことはなかったのに」

それもこれも、元《もと》はといえば……

「過去の俺が勉強しなかったからだ！　おのれ、過去の俺!!」

「立ちました！」

フラグちゃんが『死亡』の小旗を振って現れた。

「あ、フラグちゃん」

「責任転嫁《てんか》は死亡フラグです！　っていうかよく、過去の自分にそれほど憎悪《ぞうお》を燃やせますね……まだ若いんだから、今からなんとかしましょうよ」

「いやだ、めんどくさい」

フラグちゃんは『なぜ私はこの人が好きなのだろう』と自問《じもん》した。

だが粘《ねば》り強く説得する。

「モブ男さん、過去を変えられる訳がないんですから……」

「できるよ～。この天界アイテムを使えばね」

恋愛フラグが現れた。モブ男にバナナを差し出してくる。

「これは『タイムスリップバナナ』。食べてから皮で滑って転ぶと、願った時間にタイムスリップできるんだ」

「どれどれ、もぐもぐ……え、何これ。うますぎる！」

味に身震《みぶる》いするモブ男《お》。

フラグちゃんが指をくわえているのに気付くと、バナナを折って差し出した。

「マジでヤバイよこれ」

「あ、ありがとうございます……ん～！　甘～～～い！」

だよねぇ、とモブ男はうなずき、皮を地面に置く。

「子供時代に戻るぞ！」

そう叫びながら踏んで、スリップした。

■過去

「いてて……ここは」

モブ男は起き上がり、きょろきょろする。

見慣れた近所の街並み——いや、数年前に閉店した駄菓子屋が営業している。タイムスリップできたようだ。

ついてきたらしいフラグちゃんも、立ち上がってお尻を払いながら、

「これからどうするんですか」

「もちろん、過去の俺に会う。その腐った性根《しようね》を叩《たた》きなおしてやるんだ」

モブ男が道端《みちばた》のエロ本をガン見しながら言ったので、フラグちゃんは「なるほど」と頷《うなず》いた。

幸いというべきか、過去のモブ男――六歳くらいだろう――を、すぐに発見できた。今と変わらず『happy《ハッピー》　life《ライフ》』のTシャツを着ている。

（わ、過去のモブ男さん、かわいいです）

フラグちゃんはキュンとした。

幼いモブ男は駄菓子屋へ入り、爆竹《ばくちく》を買う。何に使うのかと思いきや……

「へっへっへ」

空地《あきち》へ行き、犬のフンに刺して火をつける。爆発して粉々《こなごな》になるフンを見て、猿のように爆笑している。

「な、なんてアホな遊びなんだ」

呆《あき》れ返りつつ、モブ男は全裸になった。

「ちょ――――!?　なぜシームレスで全裸に!?」

「わからないかい？」

モブ男は、さっき駄菓子屋で買った吹き戻し笛（吹くと伸び縮みする笛）を両方の鼻の穴につめる。

股間には風車《かざぐるま》をつけながら、

「俺みたいなイケメンが『俺は未来から来た君だ。勉強しないとこうなるんだよ』と言っても、努力しようとは思わないじゃないか。だから変な恰好《かっこう》をするんだよ」

ドラッグでもキメてるのかな、とフラグちゃんは思った。

モブ男は勢いよく飛び出した。

過去のモブ男が腰を抜かし、後ずさる。

「う、うわぁあああ！　あんた誰⁉」

「俺は、未来から来た君だよ」

全裸で迫りながら、鼻の笛を伸ばしたり縮めたりする。股間の風車が激しく回る。本格《ほんかく》派《は》の変質者だ。

「勉強しないと、俺のような大人に……」

「う、嘘《うそ》つけ。俺は宇宙飛行士か医者になるんだ。お前みたいな『へんしつしゃ』になるか！」

「さすが俺、自己評価が高い！」

モブ男は鼻の笛をピーピー鳴らす。

「でも諦めないぞ。絶望に満ちた未来を変えてやる」

「立ったぞ？」

生存フラグが空から舞い降りてくる。

「未来を変えるため力を尽くすのは、生存フラグ……」

「うほぉ――――！」

獣じみた絶叫《ぜっきょう》に、生存フラグはビクッとした。

幼いモブ男が目を血走らせ、

「『へんしっしゃ』がもう一人!!　こっちはすげー美人だけど！」

「へ、変質者？　わしが？」

「だって普通そんな恰好しないよ！　この変態兄ちゃんの仲間だ！」

生存フラグは、股間に風車《かざぐるま》をつけた全裸男《おとこ》を見て、この世の終わりのような顔をした。

「わしが……こいつと同類……!?」

かつてないほど、メンタルにダメージを受けたようだ。

幼いモブ男は、そんな生存フラグをガン見していたが……

「ダメよ、ミニモブくん！」

　失恋フラグが現れ、生存フラグを身体《からだ》で隠した。

　激しく興奮し、両手をワキワキさせながら、

「モブくんはアタシが育てるわ。そしてアタシを愛するよう、骨の髄《ずい》まで教育する」

「失恋フラグさん、そんなこと道徳的に……」

「似たようなことは、国民的文学である『源氏物語』の主人公だってやってるわ。つまりオッケー！」

　光源氏《ひかるげんじ》は、十八歳の時に十歳の少女を強引に連れ帰り、理想の女に教育し、妻にした。

「絶対ダメです！　逃げますよ、モブ男《お》さん！」

　フラグちゃんは幼いモブ男の手を取り、駆け出した。

　気付くと、先ほどの駄菓子屋まで来ていた。モブ男が手をふりほどいて、

「もう、邪魔しないでよ。せっかく美人に迫られたのに」

（捕まったら、今ごろ監禁されてましたよ……）

「はー、気分変えてアイスでも食うか」

　駄菓子屋の店先《みせさき》の冷蔵庫をあけた。カップアイスや棒アイスなどが並んでいる。

（おいしそう）

フラグちゃんが物欲《ものほ》しそうに見ていると。

モブ男《お》はアイスを一本取り、買ってきた。

「あ、それは」

中央がくぼんでいる棒状のアイス――いわゆるポッキンアイスだ。中央で折り、大きい方を差し出してくる。

「……ほら、お姉さんも」

(モブ男さん……)

フラグちゃんの胸が温かくなる。『タイムスリップバナナ』を分けてくれた、未来の彼と同じだ。

「ところで、さっきの兄ちゃん『未来から来た俺』とか言ってたけど」

幼いモブ男は、憂鬱《ゆううつ》そうにアイスをかじる。

「万一ホントだったら俺――このままダラダラ生きてたら、あの変態みたくなるのかな?」

(まあ、確かに)

「あんなの、ろくに就職もできないだろ。女にもモテず孤独死……」

どんどん不安げになるモブ男。

フラグちゃんは屈《かが》んで、目の高さを合わせた。

「大丈夫」

「いずれ必ず——あなたを好きになる女の子が現れますよ」

モブ男はクズだが、時折《ときおり》見せる輝きに、フラグちゃんは惹《ひ》かれた。

その輝きは、この小さなモブ男にもある。

「ほ、ほんとか姉ちゃん？」

「ええ。なにしろ私——こほん。その女の子は、立場の違いを超えて、あなたに好意を寄せるんです」

「すげー！　物語みたいじゃん！」

死神と、プログラム。

どうしようもない隔《へだ》たりはあるが、その気持ちに殉《じゅん》ずることに迷いはない。

幼いモブ男は鼻息を荒げ、

「ナイスバディのお姉さんだったらいいな！」

「……き、きっと、胸が特選メロンみたいな子ですよ」

これから成長するはずだ。多分。きっと。

「？」

七話　結果発表

フラグちゃんたち四人は、シネコンへ戻った。

失恋フラグがうっとりしながら、

「あぁ、過去のモブくん可愛《かわい》かったなぁ。育てられなかったのは残念だけど」

「ふん、あのクソガキ」

生存フラグが眉根《まゆね》を寄せる。モブ男《お》の同類《どうるい》呼ばわりが、心の底から不本意《ふほんい》だったらしい。

ディスプレイの中の『監督』が、フラグちゃんを見つめる。

『興味深い仮想世界でした――あなたの想《おも》いを確認できたおかげで、最後のピースが埋まりました。以上で、オーディションは終わりです』

恋愛フラグが肩をすくめた。

「じゃあ、そろそろ明かしてよ。いったい、何のためのオーディションなの？」

「『監督』――私の主演作のオーディションです」

フラグちゃんたちは驚いた。

その女性の声はディスプレイからではなく、ショッピングモールの中から聞こえてきたからだ。

エンジン音が近づいてくる。

「へ？」

恋愛フラグが珍しく、驚きで目を丸くした。

ショッピングモールの通路を、リムジンが走ってくる。運転手はタキシード姿の神様だ。

リムジンはシネコンの前で止まり、神様が降りて、後部座席をあける。

そこから、肉感的な女性が降りてきた。

身体《からだ》のラインが強調されたドレス。サングラスで顔はわからない。いつのまにか現れたレッドカーペットの上を、ハリウッド女優のように歩いてくる。

神様が差し出した椅子に、足を組んで座った。サングラスを外し、現れた顔は……

「モブ美《み》さん!?」

フラグちゃんたちは驚愕《きょうがく》した。

「あなたが『監督』？　ではディスプレイに映っているファントムマスクの人物は、いったい……」

モブ美《み》が黒髪をかきあげて、

「神様に用意してもらった影武者《かげむしゃ》よ。ミスリードは、エンターテインメントの常套手段《じょうとうしゅだん》でしょう？」

『ぐっ』

ファントムマスクが、悔しそうに呻《うめ》く。どうやら不本意《ふほんい》に、従わされていたようだ。

フラグちゃんに、恋愛フラグが耳打ちしてくる。

「モブ美ちゃんは、神様に創《つく》られたプログラムだよね。なのにどうして『仮想世界の破壊』なんて手段を持ってるんだろ？」

その疑問に答えるように、神様が言う。

「モブ男《お》の『バグ』については覚えているよね」

「はい……もちろんです」

モブ男はもともと、フラグちゃんの死亡フラグ回収の練習台として作られたプログラム。

彼女が命を狩りやすいよう、神様はモブ男をできる限り『クズな性格』にした筈《はず》だった。

だが彼は、時折フラグちゃんを助けたり、優しい一面を見せることがある。バグで生まれた『自我《じが》』によるものだ。

神様はモブ美を手で示し、

「実はこのお方にも、バグが起きていてね……自分がプログラムであることに気付いてお

られる」

目を見張るフラグちゃんたち。

モブ美《み》は穏やかに脚を組み替えながら、

「別に、そのことについては恨んでない。仮想世界でどんな役を与えられようが、演技に最善を尽くすだけよ」

どうやら『演じる』ことに、相当なこだわりがあるようだ。

「悪女役をして視聴者からヘイトを受けても、ラノベの三巻まで挿絵《さしえ》が一枚もなくても、腐るつもりはないわ」

(視聴者？　ラノ……べ？)

何のことだろう、と一巻の表紙を飾った少女は思った。

「でも今回、初めてワガママを言わせてもらったの。私って基本、脇役ばかりじゃない？」

確かにモブ男《お》を振ったり、破滅させたりする役回《やくまわ》りが多い。

「だから神様に『一度だけ主役をやらせて欲しい』って言ったの。さもないと――」

凄《すご》みのある笑みで、

「全てを『モブ男』に言うってね」

「「「！」」」

　フラグちゃんたちは、顔を見合わせた。

　モブ美は続ける。

「モブ男はまだ自分が『仮想世界のプログラム』であることに気付いていない。でも私が教えたらどうなるかしら？　彼に私みたいなプロ意識はないから、当然……」

（私たちの修行は、成立しなくなります！）

『仮想世界を破壊する手段』とは、これだったのだ。阻止するため、神様はやむなく従っていたのだろう。

「私は本当に、一度でいいから主役をやりたいだけ。そうすれば、これまでと同じように、与えられた役を黙々とこなすわ」

（そのために、神様さえも脅迫するなんて）

　すさまじい執念に、圧倒される。

　神様が疲れたように、

「モブ男に『お前はプログラムだ』と伝えられたら、更にまずいことがあるんだよ」

「な、なんですか」

「モブ男のバグは思ったより深刻でね。僕にも手がつけられない。そんな状況でモブ美様にばらされたら致命的だ。彼に重篤《じゅうとく》なエラーが生じ、取り返しがつかなくなる恐れがある」

「そ、そうしたらモブ男《お》さんは」

「最悪、削除《デリート》せざるを得ないね」

フラグちゃんと、失恋フラグが顔面蒼白《そうはく》になった。生存フラグと恋愛フラグも、苦い顔をする。

モブ美《み》は薄笑いで、

「あんたたちと違って、私はモブ男なんてどうでもいい。削除なんて結末を避けたければ、いうことを聞いたほうがいいわよ」

「わ、わかり、ました」

フラグちゃんは深呼吸し、懸命に気持ちを落ち着ける。

「ではモブ美さんが言う『オーディション』というのは」

「主役は私がするけど、他の配役決めも一切妥協《だきょう》したくない。だから神様に沢山の仮想世界を用意してもらい、そこでの動きを見て、配役の参考にしたわけ」

ふん、と生存フラグが鼻を鳴らした。

「なるほどな。それでキサマは、どんな仮想世界で主役になりたいのじゃ？」

「『シンデレラ』よ。私が主演だから『モブデレラ』とモジったけれど——今のところの配役は、こうよ」

モブ美……モブデレラ
未定……王子、モブデレラの継母《ままはは》、義姉《ぎし》①、義姉②、義姉③、魔女

モブ美はノートを取り出した。オーディションの所感《しょかん》などが書いてあるのだろう。

「ではこれから配役の発表をするわ。まず、モブデレラに魔法をかける『魔女』」

あたりの照明が消え、真っ暗になった。

『ドルルルル』とドラムロールが鳴る。

スポットライトがゆらめき、桃色ボブカットの少女の所で止まった。

「恋愛フラグさん」

「え、ボク？」

「モブ男をスマホやウサギにしたり、『恋の矢』で観覧車と相思相愛《そうしそうあい》にさせたり……状況を一変《いっぺん》させるトリックスターぶりは、まさに魔女。あなた以外いないわ」

（（（確かに……）））

フラグちゃん、生存フラグ、失恋フラグ、神様は心中《しんちゅう》でハモった。

モブ美が再びノートに目を落とし、

「続いてモブデレラと結ばれる『王子』」

フラグちゃんは考える。

(誰でしょう? モテ男《お》さん、または生存フラグさんを男装《だんそう》させたら、ぴったりかも——)

「モブ男《お》に、やってもらうわ」

意外に思うフラグちゃん。それは神様も同様のようだ。

「モブ美様《み》。本当にそれでいいのですか?」

「ええ」

「でも王子役は、モテ男とかの方が……」

「しつこい! オーディションを見て、総合的に判断したの。ヒロインの相手役には、芯の強さが必要。魔女狩りでは一人処刑に反対し、二酸化炭素が充満した街でもあきらめない。なにより観覧車のときに見せた強い愛情。アイツ以外いないわ」

そう言われると、ふさわしい気もしてくる。モブ美が感情的になっているのが、多少気になるが。

モブ美は少し赤くなり、咳払《せきばら》いする。

「……続いて『継母』。モブデレラに厳しく当たるけれど、それは実の娘たちへの愛ゆえとも言えるわ」

スポットライトが、ロン毛の男性を照らす。

「神様」

「え、僕ですか⁉」

サプライズ指名に、神様は目を見ひらいた。

モブ美は微笑《びしょう》して、

「神様は娘達《たち》の大事な場所――仮想世界を守るため、プログラムである私に土下座さえ厭《いと》わない。あなた以上に『親の愛』を知っている人はいないわ」

「いやぁ照れるなあ……って、役と性別が違うんだけど……」

その疑問を、モブ美はスルーして、

「では次『モブデレラの義姉《ぎし》①』。王子をめぐりモブデレラのライバルになる重要な役よ」

スポットライトが、オッドアイの少女を照らす。

「失恋フラグさん」

「ふふん、なかなか見る目があるわね！　……ちなみに、なんでアタシを？」

モブ美はノートを確認し、

「『モブデレラの義姉①』は王子を取られる、まさに負けヒロイン。貴方《あなた》は裁判もの、相貌失認《そうぼうしつにん》、観覧車の仮想世界などで――モブ男を奪われ、ぴえんしてきた」

「……」

「あなたこそ負けヒロインの鑑《かがみ》。私の作品でも、見事な負けっぷりを見せてちょうだい」

「な、なんですってぇー!!」

八重歯《やえば》を剥《む》き出《だ》しにする失恋フラグを、生存フラグがなだめる。

己《おのれ》へ向けられる殺気も、モブ美《み》は気にしていない。大した度胸《どきょう》だ。

「続いて『モブデレラの義姉《ぎし》②』。姉妹でも一番、モブデレラをいじめる役よ。数々のドS発言をしてきた、生存フラグさんにお願いするわ」

「ぴったりだねえ」

深く頷《うなず》く神様に、生存フラグはタイキックした。たしかに役柄《やくがら》にぴったりである。

「最後『モブデレラの義姉③』は、死亡フラグさん」

背筋を伸ばすフラグちゃん。

「は、はい！　どんな役ですか」

「姉妹と同じように、モブデレラをいじめるけど――」

モブ美は目を閉じ、まさに映画監督のように説明する。

「王子に以前から想《おも》いを寄せているの。だけど立場の違いや勇気のなさから、伝えることができないのよ」

（えっ）

その部分はまるで、現実のフラグちゃんではないか。

モブ美は続ける。

「いわばもう一人の、モブデレラのライバル。あなたが行った仮想世界『棺桶《かんおけ》』『スマホ生活』『魔女狩り』……そして『タイムリープ』を参考に、最適と判断したわ」

タイムリープの仮想世界で、フラグちゃんはこう言った。

「その女の子は、立場の違いを超えて、あなたに好意を寄せるんです」

確かにモブ美の構想する『義姉③』に、近いかもしれない。

だが。

(内面がどうであろうと、私って脇役ですよね。大して出番はないはず)

モブ美が立ち上がり、フラグちゃんに冊子《さっし》を渡してきた。

台本だ。

表紙に『モブデレラ』と書かれている。

「私が書いたものよ。一冊しかないから、皆で読んで」

フラグちゃんはページを開いた。生存フラグ、恋愛フラグ、失恋フラグ、神様がのぞきこんでくる。

(すごい書き込み量)

修正を重ねたのだろう。幾重《いくえ》にも赤ペンが入っている。作品にかけるモブ美の熱意が伝わってくる。

なのに……

台詞《せりふ》が全て『×《バツ》』で消されていた。

「これはどういう事ですか？」

「大筋《おおすじ》さえ守れば、台詞《せりふ》は自由でかまわないわ。アドリブも好きなだけしてちょうだい」

「わ、私たち素人ですよ？　そんな高度なこと」

「オーディションでは、貴方《あなた》たちの予想外の言動に何度も驚かされた。その強みを活《い》かしたほうが、いい作品になるはずよ」

モブ美《み》の女優としてのカンなのだろう。従うしかない。

「……好きなだけアドリブ、ね」

恋愛フラグが口元をゆがめて笑った。

その後フラグちゃん達《たち》は、話の筋を頭に入れ、『フクカエール』で衣裳《いしょう》合わせし……

「これでよし」

神様がキーボードを叩《たた》くと、シネコンに十一番めの映写室が現れた。

モブ美のための、仮想世界を設定したのだ。

「モブ美様、ここに入れば『モブデレラ』がはじまります」

「ええ、ありがとう」

　ボロボロのドレスをまとうモブ美は、皆を見回す。

「最初で最後の、私が主役の作品……みんなよろしく」

「わかりましたわ！」

　継母《ままはは》役の神様が張り切る。ドレスを着た上に、口紅や白粉《おしろい》も塗っている。見た目は場末《ばすえ》のバーのオネエだ。

「これが天界の最高指導者か……」

　うんざりしているのは生存フラグ。豪華なドレスに身を包み、美しさが更に際立《きわだ》っている。フラグちゃん、失恋フラグも同様だ。

「みんな、モブ美ちゃんのために最高の作品にしようよ！」

　そう張り切る恋愛フラグは、大きな鍔《つば》の三角帽子に、ローブという正統派魔女スタイル。

（やけに恋愛フラグさん、素直ですね）

『監督』に対抗心を燃やしていたと想《おも》ったが——その熱意に絆《ほだ》されたのだろうか？

「では行きましょう！」

　モブ美を先頭に、フラグちゃんたちは映写室へ入った。

　一世一代《いっせいいちだい》の舞台のはじまりである。

八話　集大成

▶映写室・十一『モブデレラ』

むかしむかし、小さな王国があった。

王都には立派な屋敷があり、『モブデレラ』という娘が父親と暮らしていた。

父親は子持ちの女性と再婚し、モブデレラには三人の姉が出来た。

しかし父親が亡くなると、継母《ままはは》は本性を露《あら》わにした。自分の娘だけを可愛《かわい》がり、モブデレラに冷たくあたる。

モブデレラは屋根裏部屋に住まわされ、家の仕事を全て押しつけられた。

「モブデレラ、いつまで寝ているんだい、このうすのろめ！」

朝はいつも神様（継母）の、ひどい口臭により起こされる。

慌てて身支度《みじたく》を整えると、生存フラグ（義姉《ぎし》②）が筋トレを終えたところだった。

「モブデレラ、飯を持ってくるのじゃ」

「はい、お姉さま」

モブデレラがパンを持っていく。

それを生存フラグは外にぶん投げ、鳥にあげてしまった。

「こんなもん食えるかー!!　トレーニング後の飯はササミに決まっとろうが!!」

「ご、ごめんなさいお姉様……ううっ」

モブデレラのお腹《なか》が鳴る。継母はろくに食事もくれなかったので、いつも空腹だった。

その演技があまりにも迫真《はくしん》だったので、フラグちゃん（義姉③）は気の毒に思った。

「かわいそうにモブデレラ、これをお食べ」

手料理を差し出す。オムレツを作ったつもりだが、漆黒《しっこく》のスライムにしか見えない。

「あ、ありがとうございます」

それをモブデレラは完食した。凄《すさ》まじい女優根性である。そして生死の境《さかい》をさまよった。

「そんなつもりなかったのにー！」

アドリブで善行を施《ほどこ》したフラグちゃんだが、結果的に役にハマったようだ。

ちなみに失恋フラグ（義姉①）は王子のストーキングをして捕まり、城の牢屋《ろうや》に入れられていた。皆アドリブしまくりである。


さて、この国にはモブ男《お》という王子がいた。

「うぅむ、なぜ俺はまだ独身なんだろう。こんなにイケメンなのに……そうだ！」

妃《きさき》を決めるため、舞踏会《ぶとうかい》を開くことにした。国中の、若い女性がいる家すべてに招待状を送る。

神様（継母《ままはは》）は張り切った。

「玉の輿《こし》のチャンスよ！　さぁ娘たち、とっておきの衣裳《いしょう》に着替えなさい……モブデレラ、あんたは家の掃除でもしてな！」

そう吐き捨て、生存フラグ、フラグちゃんと舞踏会へ。

モブデレラは、屋根裏部屋で泣き崩れる。

「あぁ、私も舞踏会にいきたい。でも私が持っている服は、ボロ布のようなものばかり」

「悩める少女よ、ボクが願いをかなえてあげるよ」

恋愛フラグ（魔女）が現れた。

『フクカエール』を使う。みすぼらしかったモブデレラの恰好《かっこう》が、美しいドレスと、ガラスの靴に変わった。

続いて『メタモルドリンク』で、台所のネズミを馬にするなどして馬車を用意。

喜ぶモブデレラに、こんな注意を与える。

「今夜0時の鐘が鳴ると、魔法はとける。それまでに帰ってくるんだよ」

「わかった。ありがとう魔女さん」

（……ふふふ）

恋愛フラグは、モブ美《み》――『監督』に、ショッピングモールに閉じこめられた。『惚《ほ》れ薬Z』で貞操《ていそう》の危機にあわされもした。

（借りは返させてもらうよ）

『アドリブ大歓迎』などと言われて、このトリックスターがおとなしくしている筈《はず》がなかった。

■舞踏会

王宮の大ホール。舞踏会会場。

モブ男《お》（王子）は、来場者の若い女性を品定《しなさだ》めしていた。

「デュフフ……この中に未来の嫁が」

「立ちました！　馬鹿王子は国を滅ぼす、死亡フラグです！」

フラグちゃん（義姉《ぎし》③）は思わず、『死亡』の小旗を掲げてしまった。

「フラグちゃん。キミも舞踏会《ぶとうかい》に来たの？」

「は、はい。まあ付き合いで」

「そのドレス、よく似合うね」

胸を高鳴らせるフラグちゃん。

（王子さまの恰好《かっこう》をしたモブ男《お》さんも、かっこいいです）

普段の恰好がだらしないので、ギャップで数割増しに見える。

見とれていると、モブ男が「うひょう！」と素《す》っ頓狂《とんきょう》な声をあげた。

彼の視線の先には、ドレス姿の生存フラグ（義姉②）。抜群のスタイルと美貌《びぼう》から、会場中の注目を集めている。

「おお、なんと麗《うるわ》しき女性。俺と踊って頂けますか」

「わ、わかりましたのじゃ」

たどたどしい言葉とともに、うなずく生存フラグ。

頬《ほお》を膨《ふく》らませるフラグちゃんの前で、踊る二人……だがモブ男がダンスにかこつけて、いやらしく密着《みっちゃく》しはじめた。

（ぐふふふ……ふぐぉっ⁉）

アゴにハイキックが炸裂《さくれつ》し、ぶっ倒れる。

生存フラグが、絶対零度《ぜったいれいど》の瞳で見下ろしてきて、

「申し訳ありません。舞踏会を武道会《ぶどうかい》と勘違いしたのじゃ」

「そんなことある!?」

泣きわめくモブ男に、手が差し出される。華麗《かれい》なドレスとガラスの靴をまとう女性だ。

「大丈夫ですか？」

モブデレラである。

その肉感的な体つきを見て、モブ男はバネ仕掛けのように起き上がる。

「うっひょー！　俺と踊っていただけますか」

「もちろんですわ」

二人は踊りだした。モブ男のダンスは下手だが、モブ美《み》がうまくリードしている。

モブ美の表情は、それはそれは幸せそうで……今までの仮想世界では、一度も見たことがないもの。

呆然《ぼうぜん》と、フラグちゃんは見入る。

（モブ美さんは『モブ男が消滅しようが、どうでもいい』って言ってたけど）

今の姿からは、全くそうは思えない。それとも、これも演技なのだろうか。

「きー、くやしいー」

生存フラグは棒読みで、ハンカチを噛《か》んでいる。

カラーン　カラーン

0時の鐘が鳴り、モブ美《み》はハッとした。魔女の言いつけを思い出したのだ。
「私、帰らないと」
手を振りほどき、スカートの裾《すそ》を持ち上げて駆け出す。
モブ男《お》が追いかけてくる。
「待ってくれ！」
モブ美は大階段にたどりついた。
（よし、ここでガラスの靴を片方落とせば――）
王子が『この靴にぴったりあう女性を探せ』という指令を出すはずだ。
だが。
（靴が脱げない！）
まるで接着剤で貼《は》り付けられているかのよう。
脳裏《のうり》に、恋愛フラグの笑みが浮かぶ。
（やはりあの子、仕返しをしてきたわね）

——それは、モブ美が望んだことでもある。

オーディションで何度も見た、恋愛フラグのトリックスターぶり……彼女ならば、モブ美にムチャ振りをしてくれる。

それは、モブ美の女優としての力を引き出してくれるだろう。アドリブで応《こた》えれば、誰も見たことない展開が生まれる。

（それこそ私の、一世一代《いっせいいちだい》の舞台にふさわしい！）

だから、恋愛フラグを挑発してきたのだ。

モブ美は、ガラスの靴ではなく『あるもの』を脱ぎ、大階段に置いた。

🏴

一方、城の地下牢《ちかろう》。

「よ、ようやく外に出られたわ……」

ストーカー行為で捕まっていた失恋フラグ（義姉《ぎし》①）だが、なんとか脱出できた。

牢屋《ろうや》番の話によると、今は王子の妃《きさき》を決めるための舞踏会《ぶとうかい》が行われているとか。

「こうしちゃいられないわ。アタシも舞踏会に出る。モブくんのお嫁さんになるのよ！」

だが残念ながら、舞踏会はほぼ終わりのようだ。

壁の時計を見れば、すでに0時——大階段からモブ美《み》が降りてくる。魔法がもう少しで解けるのだろう。

ちょっと様子がおかしい。ガラスの靴が脱げないようだ。

「えいっ！」

モブ美は胸元に手を入れ……なんと、ブラジャーを外して大階段に落とした。

（一体なにを——あ、そうか！）

ガラスの靴の代わりなのだ。のちにモブ男《お》が『このブラに合う女性を探せ』と命じれば、モブ美といずれ結ばれる。

「そうはいかないわ！　ちょっと恥ずかしいけど……」

失恋フラグが取り出したのは、最近夜に使い始めたナイトブラ。

それを、モブ美のブラとすりかえた瞬間。

「待ってくれ！」

モブ男が大階段の上に現れた。慌てて身を隠す。

「あ、あれは、もしやあの子が落としたもの!?」

モブ男はブラを握りしめ、

「国中から、このブラにぴったりあう女性を見つけだす！　その人を妻にするのだ！」

（きゃー！）

失恋フラグはガッツポーズする。

モブ美は恋愛フラグの罠《わな》を切り抜けた。だが失恋フラグのアドリブによって再び窮地《きゅうち》に立たされたのだ。

▶捜索

翌日から、モブ男（王子）は国中の家をまわり、若い女性にブラをつけて回った。

別に部下に任せてもいいのだが、スケベ心《ごころ》のためである。

そういう意味では満足したものの、捜索は捗《はかど》らなかった。

「だめだ。いくら捜しても、このブラとぴったり合う女性はいない。いったい誰なんだ……」

ブラ以外で判別《はんべつ》しろよ、とも思うが、原作の『シンデレラ』でも王子の判断力はそんなもんである。

そしてモブ男がいよいよ、モブ美（モブデレラ）の屋敷を訪れる日がきた。

「あんたがいると、王子様のお目汚《めよご》しになるわ！　ひっこんでなさい！」

神様（継母《ままはは》）はモブデレラを屋根裏にとじこめ、生存フラグ（義姉《ぎし》②）、フラグちゃん

（義姉《ぎし》③）と王子を出迎えた。

やってきたモブ男は、ブラを頭上に掲げて、

「さぁ、国中の若い娘全員《お》にこれをつけてもらう。ぴったりな女性こそ、我が妃《きさき》だ！」

この国滅ぶな、と生存フラグは思った。

神様が一歩前に出て、

「ではまず私から……」

「つけるのは娘だけじゃ！」

生存フラグが、ドメスティックバイオレンスをして止める。

モブ男が、ニチャアアと笑って、

「そうだよ。娘だけなんだよ……まずは生存フラグさんからだね」

「ぐっ」

生存フラグはブラを受け取る。近くの部屋に入り、ブラとドレスをまとって出てきた。

「おお！」

モブ男は目を輝かせる。

どうやらぴったりのようだ。奇《く》しくも、生存フラグも失恋フラグと同じFカップなのだ。

「キミこそあのときの女性。さぁ誓いのキスを！」

抱きつこうとするモブ男のアゴに、生存フラグのハイキックが炸裂《さくれつ》する。

「この一撃で思い出したか？　舞踏会《ぶとうかい》と武道会《ぶどうかい》を間違えた女じゃ」

「しっかり思い出しました……」

倒れ伏すモブ男。

続いて玄関が開き、失恋フラグが飛び込んできた。

モブ男が目を見ひらいて、

「き、キミは！」

「そうよ！　アタシこそ、そのブラの持ち主……」

「いつのまにか脱獄していたストーカー！　騎士よ、ひっとらえい！」

「どうしてそうなるのよ！　ぴえ〰〰ん！」

失恋フラグは騎士達《たち》に取り押さえられた。オーディションで見込まれた通り、負けヒロインになってしまったようだ。

一連の騒ぎを、フラグちゃんは切なく見つめている。

（あのブラに合うくらい胸が大きかったら、モブ男さんと結婚できたのかな……）

「悩める少女よ、ボクが願いをかなえてあげよう」

恋愛フラグ（魔女）が現れ、フラグちゃんを物陰《ものかげ》に連れ込む。

そして小瓶《こびん》を差し出してきた。『メタモルドリンク』である。

「これを飲めば、あのブラにぴったりな姿にもなれる。王子様と結ばれるよ」

「！」

反射的に手を伸ばすフラグちゃん。

恋愛フラグは笑いを嚙《か》み殺す。

（しーちゃんを勝ちヒロインにしたら、モブ美《み》ちゃんはどんな顔するかなぁ？）

トリックスターが、再び物語をかき回す。

——だが事態は、誰も予想しない方向に進んだ。

フラグちゃんは『メタモルドリンク』から目をそらし、王子の前に歩いていく。

「え、しーちゃん？」

フラグちゃんは王子を真《ま》っ直《す》ぐ見て、胸に小さな手を当てて、

「あなたが好きです」


「「「ええ——！？」」」

神様、生存フラグ、恋愛フラグ、失恋フラグは叫んだ。

フラグちゃんは真っ赤になりながらも、必死に思いをぶちまける。

「クズなのに、たまに勇気や優しさを見せるところとか、一緒にいると楽しいところとか……」

（わぁ、しーちゃん思い切ったなぁ）

フラグちゃんの役は、王子に想《おも》いを寄せているという設定。逸脱《いつだつ》してはいないが、ここまでやるとは。

「フ、フラグちゃ……」

戸惑《とまど》うモブ男《お》。そこへ。

「待ってください！」

屋根裏部屋からモブ美《み》が現れた。

神様が役を思い出し、たしなめる。

「モブデレラ！　すっこんでなさい」

「対象は『全ての若い女性』――私にもそのブラをつける資格はあるはずです」

ブラを受けとり、近くの部屋へ。

拘束《こうそく》中の失恋フラグは、ほくそ笑む。

（ふふん、あれはFカップであるアタシのもの。Gカップのモブ美さんには、キツすぎる

はずよ！　後でアタシもつけて、モブくんを射止《いと》めるわ）

執念を燃やしたが。

ブラは、部屋から出てきたモブ美の胸にぴったりだった。

「ど、どうして!?」

（……モブ美ちゃん、すごい根性）

恋愛フラグは、彼女の女優魂に舌を巻いた。

おそらく舞踏会《ぶとうかい》の日から、血の滲《にじ》むような筋トレや有酸素運動で、胸のサイズをダウンさせたのだろう。見事なアドリブだ。

モブ男が飛び上がった。

「おお。君こそ、俺が捜していた女性！」

いくら『義姉《ぎし》①』や『義姉③』が奮闘しても、ねじ伏せてしまった。まさにメインヒロイン。

（でもね）

恋愛フラグは、フラグちゃんと失恋フラグを見つめる。

悲しげではあっても、心が折れた様子は微塵《みじん》もない。

（『王子』じゃなく――『モブ男くん』と結ばれるのは、モブ美ちゃんとは限らないよ）

そして、王子とモブデレラは結婚した。

　だが、若い女性全員にブラをつけた件で国民の怒りを買い、反乱が勃発《ぼっぱつ》して王国は滅びた。

▶閉幕後

　フラグちゃん、生存フラグ、恋愛フラグ、失恋フラグ、神様、そしてモブ美《み》は映写室から出た。

　神様は下っ端《したっぱ》感あふれる揉《も》み手で、モブ美にたずねる。

「初の主演、ご満足いただけましたか？」

「……夢みたいだった」

　モブ美は、喜びをかみしめるように、

「脇役ばかりだった私がヒロインになれるなんて、もう思い残すことはないわ」

　目には涙さえ浮かんでいる。

　いろいろ振り回されたが、フラグちゃんには憎む気が起きなかった。

（この人はただ、自分の『好き』に真摯《しんし》なだけ。そのためなら何でもできるんだ）

　たった一度の舞台のために、神様や№1すら従わせた。褒められることではないが、その行動力には驚嘆《きょうたん》する。

続いて、神様の言葉を思い出す。

『モブ男《お》のバグは思ったより深刻でね。僕にも手がつけられない』

（バグの問題はまだ解決していません。モブ男さんに、また異変が起こるかも……）

その時は、彼を助けるべく何でもするつもりだ。自分の『好き』のために。

そう誓うフラグちゃんに、モブ美の声が聞こえてくる。

「また私、以前のように脇役として頑張るわ」

神様がヘコヘコ頭を下げた。

「ありがとうございます。これからも、ダメ人間であるモブ男の相手役という『損な役回り』ですが、よろしくお願い致します」

「『損な役回り』ね」

苦笑するモブ美に、失恋フラグが声をあげた。

「なにが『損な役回り』よ！　モブくんの恋人役なんて羨《うらや》ましさしかないわ！　それに」

ビシッと、モブ美を指さして、

「アンタほんとは、モブくんが好きなんじゃないの!?」

それは、フラグちゃんも思ったことだ。

王子役にモブ男《お》を選んだこと。なにより、彼と踊っている時の幸福そうな姿。

視線が集まる中、モブ美《み》は涼しい顔で、

「別にどちらでもいいでしょう。じゃあ私はこれで。みんなありがとう」

曖昧《あいまい》な言い方をして、彼女は消えた。

空気が一気に弛緩《しかん》する。

神様がへたりこみ、深く息を吐いた。

「あ〜〜、しんどかった。自分が作ったプログラムに脅迫されるとは、想像もしなかった」

「つくづく情けないヤツじゃ」

軽蔑《けいべつ》のまなざしを送る生存フラグ。

フラグちゃんは、珍しく真《ま》っ向《こう》から反論する。

「そんな事ないです——神様は、仮想世界を破壊させないため、モブ美さんに従っていたんですよね」

「そ、そうだけど」

「それは結局、仮想世界を使う私たちのためじゃないですか」

部下のために、何度も頭を下げてくれた。

神様をよく見ると、目の下にクマもある。『監督』の要望に応えるため、徹夜を重ねたのだろう。

フラグちゃんは金色《こんじき》の瞳を輝かせて、神様を見つめる。

「今回の件でもっともっと、神様を尊敬するようになりました」

「な、№269……！」

神様は涙ぐみ、鼻をすする。

恋愛フラグと失恋フラグは微笑《ほほえ》み、生存フラグは気まずげに頬《ほお》をかいている。

「あ、ありがとう〜！」

神様はフラグちゃんを抱きしめた。

■天界

死神寮、№1の自室。

「――――！」

死神№1は、声にならない悲鳴をあげた。神様達《たち》の模様をパソコンで見ていたのだ。

（ななな、№269のやつ。神様にハグしてもらうなんて！　天界一優秀な私ですら、生まれた時だけなのに！　やはり許せな……）

「ふんふんふーん」

№13が鼻歌まじりに、№1のツノの先端に、とんが○コーンをはめてくる。さっき渡したおやつだ。

「ちょ、何してるんですか!」

「だって、遊んでくれないんでしゅもの」

頬《ほお》を膨《ふく》らませる№13。

№1はゲーム機を指さして、

「私は大事な用があるのです。あなたの部屋から持ってきたアレで遊んでなさい」

「ぶー。『いくじほうき』です」

№13は文句を言いつつも、すぐにゲームに熱中し始めた。

(さて)

№1はパソコンに再び向き合い、仮想世界の管理ソフトを立ち上げた。これは、彼女と神様しか使用できない。

モブ男《お》のソースコードを表示させる。

(バグを、ようやく活用する時が来ました)

モブ男の自我《じが》を生み出した『バグ』。

それは№1が意図的に仕込んだものだった。フラグちゃんを絶望にたたき落とすために。

（ふ、ふふっ……）

口元をゆがめながら、凄《すさ》まじいスピードで打鍵《だけん》。

あとはエンターキーを押すだけで、数日後には、バグがモブ男に牙を剥《む》くだろう。

（あなたがいけないんですよ、神様）

そしてNo.1は。

エンターキーを叩《たた》いた。

⚑帰還《きかん》

一方、シネコン。

しばらくして神様は落ち着き、謁見《えっけん》の間に繋《つな》がる扉を作った。

それを通って、フラグちゃん達《たち》は帰還を果たす。

久々の天界に安心感を覚えていると、No.1とNo.13が出迎えてくれた。

「かみしゃま！」

中身が幼児化しているNo.13が、神様にすがりついた。普段の姿からは想像できない無邪《むじゃ》気《き》さだ。

（か、可愛《かわい》い）

生存フラグが母性本能を刺激されていると、

「わぁ、白鳥さんみたいです」

彼女の羽に、No.13は目を奪われた。背後から抱きついて、頬《ほお》ずりする。

「ん～ふわふわ」

「こ、こら放せ」

身体《からだ》を振って逃れようとする生存フラグ。

No.13はきゃっきゃと笑いながら、

「ダメ？」

（う……）

生存フラグはそっぽを向いて、

「し、仕方ないな。気乗りはせんが、キサマと遊んでやる」

No.13が万歳して飛び跳ねる。

「わーい！　じゃあ、ご本を読んでくだちゃい！」

「よかろう。では絵本でも……」

「ううん『エルデンリング　公式コンプリートガイド』」

「ゲームの攻略本!?」

結局、生存フラグは数日間、No.13と一緒に暮らして面倒《めんどう》を見ることになる。No.13が元に戻り、自室に帰った夜は、寂しさでなかなか眠れなかった。

——それはさておき。

フラグちゃんにも迎えが来ていた。小さなサラマンダーが、一目散《いちもくさん》に駆けてくる。

「あ、コンソメ丸！　ただいま～」

「ジー！」

フラグちゃんの肩に飛び乗り、頬をぺろぺろ舐《な》めてくる。

「ちょ、くすぐったいよ！」

頭を撫《な》でながら、神様に言う。

「面倒《めんどう》を見て頂き、ありがとうございます」

「いや、やったのは僕ではない。No.1だよ」

フラグちゃんは驚いた。コンソメ丸を見れば、丁寧に世話をしてくれたことがわかる。

（一見《いっけん》怖いけど、優しい人なんだ）

フラグちゃんはそう思い、No.1に頭を下げた。

「本当にありがとうございました」

「……いえ。それより疲れがたまっているでしょう。しっかり羽を伸ばして下さいね」

神様は目を輝かせる。

（おお、もしかしたら№１にも、友達《ともだち》ができるかもしれないね）
――だが、現実は全くの逆であった。
№１は甲冑《かっちゅう》の下で、酷薄《こくはく》な笑みを浮かべていたのだ。
（モブ男《お》が壊れるまでの僅《わず》かな時間、せいぜい楽しむことです）

エピローグ

モブ美《み》が起こした事件から、数日後。

（今日も特訓、がんばろう）

フラグちゃんは宮殿の廊下の、仮想世界へ続く扉の前にいた。仲間三人は、天使と死神の仕事があるらしく不在。

ノートパソコンで仮想世界の設定を終えた神様に、問いかける。

「あのぅ」

「なんだい？」

「天界で『監督』の身代わりをしていたのは、誰だったんですか？　小さな女の子みたいでしたが」

「そ、それはね～……」

神様は目をそらし、考える。

No.1は己の容姿にコンプレックスを持ち、甲冑で隠している。本人がそうしたいのなら、神様が『あれはNo.1だよ』と言うことはできない。

「……そうだ！　新しい死神コスチュームのデザインしないと。実は死神全員から注文が殺到《さっとう》してるんだよね。じゃあ！」

ありえない言い訳をして、去って行く。

（まぁ、知られたくない事もありますよね）

フラグちゃんはそう思い、仮想世界への扉をあけた。

⚑世界五分前仮説にとりつかれたらどうなるのか？

（俺の名はモブ男《お》。ニートな上に、彼女であるモブ美《み》は浮気している。傍目《はため》には人生ドン底だ）

アパートでYouTube《ユーチューブ》を見ながら、

（だが俺は——なんの危機感も感じていない！）

「立ちました！」

「あ、フラグちゃん」

「危機感を持たないのは死亡フラグですよ。どうしてそんなに、開き直ってるんですか」

「これだよ」

モブ男が指さしたスマホを、フラグちゃんはのぞきこむ。

YouTube の『ゆったり解説』のようだ。タイトルは――

「『世界五分前仮説について』ですか」

この仮説は……宇宙、地球、建造物、そして人間や動物など、ありとあらゆる全てのものが『五分前に何者かに作られた』というものだ。

『そんな仮説、簡単に論破《ろんぱ》できるよ』と思うかもしれない。

『私には五分以上前の記憶がある、だから世界が五分前に作られたわけがない』と。

だがそれも、次のように論破できるのだ。

『五分前に〝偽の記憶を植え付けられた状態〟で作られたかもしれないではないか』――

つまり。

世界五分前仮説を否定するのは、不可能なのだ。

「そう。この動画によって俺は気づいたんだ」

モブ男は叫ぶ。

「『俺や、この世界は、五分前に作られた』と！」

(め、めちゃめちゃ当たってる――!!)

確かに『この仮想世界』は、神様が作ったばかりだ。

「俺がニートなのも、五分前に俺を作った『何者か』に、そう設定されたからなんだよ。まるでゲームキャラみたいにね」

(それも当たってる!!)

ゆったり解説、侮《あなど》りがたし。

そして次のモブ男の言葉に、さらに焦《あせ》ることになる。

「で、気付いたのさ。俺には『バグ』があるって」

「え……」

まさか、自分がプログラムであることに気付いたのか。

(そうしたら、仮想世界での特訓は成り立たなくなる! みんなで頑張って、モブ美《み》さんによる破壊を阻止したのに!)

「俺がモテないのがバグなんだよ」

「ん?」

「こんなにイケメンなのにモテないのは、バグに違いない」

「へんな所に着地した……」

フラグちゃんは頬《ほお》を引きつらせる。

モブ男は、目を血走らせて、

「そもそもモブ美だって、本当は浮気なんかしてないんだ。俺を愛してるにもかかわらず、『何者か』に『浮気した設定』にさせられてるんだよ」

（……その通り、なのかも）

フラグちゃんは、モブ美を思い出す。

『モブデレラ』を通して――彼女の、モブ男への愛情を垣間見《かいまみ》ることができた。

（モブ美さんは、モブ男さんの恋人役だけど）

モブ男を奈落《ならく》に突き落とす事も、すごく多い。

彼への愛情を押さえつけ、非道な行いをする。途轍《とてつ》もない苦しみではないだろうか。


「ばっっっっかじゃないの？」


アパートの玄関が開き、モブ美が入ってきた。

「アタシはバリバリに浮気したわよ」

「違う。君は俺が好きなんだ。五分前に何者かに『浮気した記憶』を植え付けられたんだろう？」

その通りだ。

今日ばかりは、彼が真実をついている。モブ美《み》は浮気などしていない。

だが。

モブ美は全く迷いなく、あざ笑う。

「何言ってんの？　動画見て『真実悟《さと》った』とかほざくなんて、そんなヤツ願い下げよ！」

「モブ美ー！」

身をひるがえすモブ美。

その表情は、位置的にモブ男《お》からは見えないが……どこか辛《つら》そうに見えた。

（モブ美さん……）

フラれたモブ男は、ますます『世界五分前仮説』にのめり込む。

「今から、この世界が、ゲームのようにプログラムされていることを証明してみせる」

「どうするんですか」

モブ男はアパートを出た。

近所の銭湯へ行き、女湯の外壁《がいへき》に身体《からだ》を密着《みっちゃく》させて歩く。それを何度も何度も繰り返す。

「……ぜんぜん分からないんですけど」

「この世界がゲームなら、女湯の壁にバグ――『オブジェクトの隙間』があり、そこから飛び込めるかもしれないだろ？」

「女湯でやるあたり、あなたらしい」

仮想世界は、神様や№1が作ったプログラムだ。そんな初歩的なバグはないだろう。案《あん》の定《じょう》見つからず、モブ男は不審者として逮捕された。

留置場でへたりこむモブ男。その前にフラグちゃんは屈《かが》んで、

「社会的な死亡フラグ、回収ですね。それでは失礼します」

「はぁ。やっぱり『世界五分前仮説』なんて、ウソなのかなぁ。『バグ』なんてないのかなぁ」

（『バグ』……）

その単語を聞くと、心に暗雲《あんうん》が広がる。

うつむくフラグちゃんに、モブ男が首をかしげた。

「どうしたの？」

「──大丈夫」

目を真《ま》っ直《す》ぐに合わせ、心から誓う。

「たとえ、あなたにどんな『バグ』があろうと、必ず私が助けます」

そして身をひるがえし、去って行く。

（……？）

モブ男《お》には、意味がよくわからない。

だが今のフラグちゃんには、かつてない程の真剣さがあった。

(うーん、なんだったんだろ)

頭をかこうと、右手を上げたとき。


人差し指の先端《せんたん》が、落ちた。


「え?」

呆然《ぼうぜん》とする。何かにぶつかった訳ではない。腐った果実のように『ただ落ちた』のだ。

だが――

「と、とにかく血! 血を止めないと」

傷口を見たときの衝撃は、その何倍も大きかった。

血なんて、一滴も出ていない。

指の断面には肉も骨もなく、デジタルじみたエフェクトが見えるだけだ。

全身に悪寒《おかん》が走る。

(なんだよ、これ……!?)

明らかに普通ではない。

思い出すのは『世界五分前仮説』。

（お、おれ本当に、誰かに作られたプログラムなの？）

――死神№１が仕掛けたバグが、とうとう牙をむいたのだ。

「あなたにどんな『バグ』があろうと、必ず私が助けます」

澄《す》んだ声が、心の奥で響《ひび》いた。

あとがき

どうもこんにちは。壱日千次《いちにちせんじ》です。『全力回避フラグちゃん!』のライトノベル四巻を手にとっていただきありがとうございます。

今巻フラグちゃんたちは、ショッピングモールでしばし生活することになります。動画同様、お楽しみいただければ幸いです。

それに、コミックアルナでも原田靖生《はらだやすおう》先生による漫画の連載が始まりました。めでたいです。フラグちゃん、どんどん活躍の場を拡《ひろ》げていきますね。

それでは謝辞に移ります。

原作者のbiki様、株式会社Plott様には、今巻でも色々なアドバイスやご指摘をいただきました。いつもありがとうございます。

担当編集のN様、S様も、お力をお貸し頂き感謝申し上げます。

さとうぽて先生、イラスト今巻もすばらしいです。ありがとうございました。

それでは、またお会いできれば幸いです。

壱日千次

コミックでも
死亡フラグちゃん、
大活躍！？
全力回避フラグちゃん
YouTube
登録者数８４万人
オーバー！
（２０２３年３月２９日現在）
information
月刊コミック
アルナで
コミカライズ版
大好評連載中!
漫画:原田靖生
原作:壱日千次、Plott、biki

ファンレター、作品のご感想を
お待ちしています

あて先

〒102-0071　東京都千代田区富士見2-13-12
株式会社KADOKAWA　MF文庫J編集部気付
「壱日千次先生」係　「さとうぽて先生」係　「Plott」係　「biki先生」係

読者アンケートにご協力ください!

アンケートにご回答いただいた方から毎月抽選で
10名様に「オリジナルQUOカード1000円分」をプレゼント!!
さらにご回答者全員に、QUOカードに使用している画像の無料壁紙をプレゼントいたします!

■ 二次元コードまたはURLよりアクセスし、本書専用のパスワードを入力してご回答ください。

http://kdq.jp/mfj/　パスワード　3ciip

●当選者の発表は商品の発送をもって代えさせていただきます。
●アンケートプレゼントにご応募いただける期間は、対象商品の初版発行日より12ヶ月間です。
●アンケートプレゼントは、都合により予告なく中止または内容が変更されることがあります。
●サイトにアクセスする際や、登録・メール送信時にかかる通信費はお客様のご負担になります。
●一部対応していない機種があります。
●中学生以下の方は、保護者の方の了承を得てから回答してください。

MF文庫J https://mfbunkoj.jp/

MF文庫J

全力回避フラグちゃん! 4

2023年4月25日　初版発行
2024年6月5日　6版発行

著者　壱日千次

原作　Plott、biki

発行者　山下直久

発行　株式会社 KADOKAWA
〒102-8177 東京都千代田区富士見2-13-3
0570-002-301（ナビダイヤル）

印刷　株式会社 KADOKAWA

製本　株式会社 KADOKAWA

©Senji Ichinichi, Plott, biki 2023

Printed in Japan　ISBN 978-4-04-681940-6 C0193

◎本書の無断複製（コピー、スキャン、デジタル化等）並びに無断複製物の譲渡および配信は、著作権法上での例外を除き禁じられています。また、本書を代行業者等の第三者に依頼して複製する行為は、たとえ個人や家庭内での利用であっても一切認められておりません。

◎定価はカバーに表示してあります。

●お問い合わせ

https://www.kadokawa.co.jp/（「お問い合わせ」へお進みください）

※内容によっては、お答えできない場合があります。

※サポートは日本国内のみとさせていただきます。

※Japanese text only

◆◇◇

〈第20回〉MF文庫Jライトノベル新人賞

F文庫Ｊライトノベル新人賞は、10代の読者
心から楽しめる、オリジナリティ溢れるフレッ
ュなエンターテインメント作品を募集していま
！ ファンタジー、SF、ミステリー、恋愛、歴
、ホラーほかジャンルを問いません。
に4回締切があるから、時期を気にせず投稿
きて、すぐに結果がわかる！ しかもWebから
手軽に投稿できて、さらには全員に評価シートも
送りしています！

イラスト：konomi（きのこのみ）

通期

大賞
【正賞の楯と副賞 300万円】
最優秀賞
【正賞の楯と副賞 100万円】
優秀賞【正賞の楯と副賞 50万円】
佳作【正賞の楯と副賞 10万円】

各期ごと

チャレンジ賞
【活動支援費として合計6万円】
※チャレンジ賞は、投稿者支援の賞です

選考スケジュール

■第一期予備審査
【締切】2023年 6 月30日
【発表】2023年10月25日ごろ

■第二期予備審査
【締切】2023年 9 月30日
【発表】2024年 1 月25日ごろ

■第三期予備審査
【締切】2023年12月31日
【発表】2024年 4 月25日ごろ

■第四期予備審査
【締切】2024年 3 月31日
【発表】2024年 7 月25日ごろ

■最終審査結果
【発表】2024年 8 月25日ごろ

MF文庫J
ライトノベル新人賞の
ココがすごい!

年4回の締切!
らいつでも送れて、
に結果がわかる!

応募者全員に
評価シート送付!
執筆に活かせる!

投稿がカンタンな
Web応募にて
受付!

チャレンジ賞の
認定者は、
当編集がついて
直接指導!
希望者は編集部へ
ご招待!

新人賞投稿者を
応援する
『チャレンジ賞』
がある!

詳しくは、
MF文庫Jライトノベル新人賞
公式ページをご覧ください!
https://mfbunkoj.jp/rookie/award/